KB195159

목가

목가

ISBN 979-11-93240-55-7 (04800)
ISBN 979-11-960149-5-7 (세트)

초판 1쇄 발행 2024년 12월 20일

지은이 베르길리우스
옮긴이 이호섭
편집 남수빈
디자인 김마리
조판 남수빈
제작 영신사

펴낸곳 인다 **펴낸이** 김현우
등록 제2017-000046호. 2015년 3월 11일
주소 (04035) 서울시 마포구 양화로11길 68, 다솜빌딩 2층
전화 02-6494-2001 **팩스** 0303-3442-0305
홈페이지 itta.co.kr **이메일** itta@itta.co.kr

책값은 뒤표지에 있습니다.
잘못된 책은 구입하신 서점에서 바꿔 드립니다.

목가

베르길리우스 지음
이호섭 옮김

읻다

일러두기

- 이 책의 저본으로는 다음의 비판본을 사용했다. R. A. B. Mynors, ed., *P. Vergili Maronis Opera* (Oxford, 1969).

- 고전 라틴어에서는 /u/, /v/, /w/의 표기상 구별이 존재하지 않았다. 이 책에서 해당 표기는 소문자의 경우 'u', 대문자의 경우 'V'로 통일한다.

- 등장인물의 이름은 희랍식이지만 라틴어 발음을 따라서 표기한다. 단, 희랍어의 윕실론υ 음가를 표기하기 위해 사용하는 'y'는 'ᅱ'로 쓴다. 예를 들어 'Tityrus'는 '티튀루스'와 같이 표기한다. 지명이나 신, 식물 등의 이름 또한 동일한 원칙에 따른다. 다만 주석에서는 일반적 표기에 따라서 희랍식 이름을 쓰거나, 참고를 위해 병기한 경우도 있다.

- 각 시편 원문의 행수와 번역문의 행수는 동일하며 문장이 끊어지는 단위 또한 유사하나, 각 행의 내용이 반드시 일치하지는 않는다.

Ecloga I

Meliboeus

Tityre, tu patulae recubans sub tegmine fagi

siluestrem tenui Musam meditaris auena;

nos patriae finis et dulcia linquimus arua.

nos patriam fugimus; tu, Tityre, lentus in umbra

formosam resonare doces Amaryllida siluas.   5

Tityrus

O Meliboee, deus nobis haec otia fecit.

namque erit ille mihi semper deus, illius aram

saepe tener nostris ab ouilibus imbuet agnus.

ille meas errare boues, ut cernis, et ipsum

ludere quae uellem calamo permisit agresti.   10

Meliboeus

Non equidem inuideo, miror magis: undique totis

usque adeo turbatur agris. en ipse capellas

protinus aeger ago; hanc etiam uix, Tityre, duco.

6

제1목가

멜리보이우스

티튀루스, 그대 크넓은 너도밤나무 그늘막 아래 가로누워

가느다란 풀피리로 숲속의 무사'를 연주하네.

우리는 고향의 터전과 달콤한 농지를 떠나네,

우리는 고향을 등지네. 허나 그대, 티튀루스, 그늘 속 느긋이,

5 어여쁜 아마륄리스 되울리라 수풀에게 가르치네.

티튀루스

오오, 멜리보이우스, 신께서 나에게 이 여가를 만들어주셨네.

그분은 나에게 언제나 신이실 것이네, 나의 우리에서 꺼낸

보드라운 새끼 양이 그분의 제단을 수시로 적실 터이니.

그대 보다시피 그분께서 허락하셨네, 나의 소 떼 떠돌라고,

10 무엇이든 좋으니 메떨어진 갈대피리 불며 놀라고.

멜리보이우스

시샘하는 것은 아니라네, 신기한 것이지. 사방에서 온 들판이

이렇게나 술렁이고 있으니. 보게나! 병든 내가 암염소들을

앞으로 가라고 몰아붙이네. 이 녀석은, 티튀루스, 이끌기도

hic inter densas corylos modo namque gemellos,

spem gregis, a! silice in nuda conixa reliquit. 15

saepe malum hoc nobis, si mens non laeua fuisset,

de caelo tactas memini praedicere quercus.

sed tamen iste deus qui sit, da, Tityre, nobis.

Tityrus

Vrbem quam dicunt Romam, Meliboee, putaui

stultus ego huic nostrae similem, quo saepe solemus 20

pastores ouium teneros depellere fetus.

sic canibus catulos similis, sic matribus haedos

noram, sic paruis componere magna solebam.

uerum haec tantum alias inter caput extulit urbes

quantum lenta solent inter uiburna cupressi. 25

Meliboeus

Et quae tanta fuit Romam tibi causa uidendi?

힘들다네.

그도 그럴 것이 방금 여기 울창한 개암나무 사이 쌍둥이를,
15 무리의 희망을, 아! 가까스로 낳았건만, 헐벗은 바위에 버
리고 말았네.

떠올려 보면, 벼락 맞은 떡갈나무들이 우리에게 이 불행을
무시로 예언해 주었지. 우리 마음 아둔하지 않았다면 얼마
나 좋았을지!

그런데도 그대의 신이 누구라는 것인지, 티튀루스, 우리에
게 말해보게.

티튀루스

도시를, 멜리보이우스, 로마라 불리는 그 도시를, 나는 어
리석게도
20 우리 사는 이곳과 비슷하다고 생각했다네. 매번 우리
목동들이 어린 양 떼 몰고 내려가는 곳 말일세.
강아지는 개와, 새끼 염소는 어미 염소와 비슷하다
알고 있었으니, 그처럼 작은 것에 큰 것을 견주었던 것이지.
그러나 다른 도시들 사이에서 이 도시가 고개를 치켜들었네,
25 휘어진 가막살나무 사이에서 쿠프레수스 그러하듯이.

멜리보이우스

그래서 그대가 로마를 보러 간 이유는 무엇이었는가?

9

Tityrus

Libertas, quae sera tamen respexit inertem,

candidior postquam tondenti barba cadebat,

respexit tamen et longo post tempore uenit,

postquam nos Amaryllis habet, Galatea reliquit.   30

namque (fatebor enim) dum me Galatea tenebat,

nec spes libertatis erat nec cura peculi.

quamuis multa meis exiret uictima saeptis,

pinguis et ingratae premeretur caseus urbi,

non umquam grauis aere domum mihi dextra redibat.   35

Meliboeus

Mirabar quid maesta deos, Amarylli, uocares,

cui pendere sua patereris in arbore poma;

Tityrus hinc aberat. ipsae te, Tityre, pinus,

ipsi te fontes, ipsa haec arbusta uocabant.

Tityrus

Quid facerem? neque seruitio me exire licebat   40

nec tam praesentis alibi cognoscere diuos.

티튀루스

자유. 자유의 여신께서 게으른 나를 늦게나마 돌아보셨네,

이발사가 깎아내는 수염도 이미 새하얘진 뒤였으나,

그럼에도 돌아보셨지, 긴 세월이 지나 찾아오셨지.

30 아마뤼리스가 나를 가지고, 갈라테아가 떠난 이후에.

고백하는데, 갈라테아가 나를 쥐고 있던 동안에는

자유를 바라지도 않았고 내 재산을 돌보지도 않았네.

내 울타리에서 아무리 많은 양¥을 제물로 보낸들,

감사를 모르는 도시를 위해서 기름진 건락을 짜낸들,

35 내 오른손이 동전으로 가득 차서 집으로 돌아오는 일은 없

었다네.

멜리보이우스

궁금했다네, 아마뤼리스, 어째서 그대가 서럽게 신들을 부

르는지,

나무에 매달린 열매를 따지 않은 것은 누구 때문이었는지.

티튀루스가 여기서 떠나서였군. 티튀루스, 소나무가 그대를,

샘물이 그대를, 이 숲이 그대를 줄곧 불렀다네.

티튀루스

40 내가 무얼 해야 했는가? 노예 신세에서 벗어나는 것도,

신들을 곁하여 친해지는 것도 다른 곳에서는 허용되지 않

hic illum uidi iuuenem, Meliboee, quotannis

bis senos cui nostra dies altaria fumant.

hic mihi responsum primus dedit ille petenti:

'pascite ut ante boues, pueri; summittite tauros.'   45

Meliboeus

Fortunate senex, ergo tua rura manebunt

et tibi magna satis, quamuis lapis omnia nudus

limosoque palus obducat pascua iunco:

non insueta grauis temptabunt pabula fetas,

nec mala uicini pecoris contagia laedent.   50

fortunate senex, hic, inter flumina nota

et fontis sacros frigus captabis opacum;

hinc tibi, quae semper, uicino ab limite saepes

Hyblaeis apibus florem depasta salicti

saepe leui somnum suadebit inire susurro;   55

hinc alta sub rupe canet frondator ad auras,

nec tamen interea raucae, tua cura, palumbes

nec gemere aëria cessabit turtur ab ulmo.

앗으니.

거기서 나는 그 젊은이를 보았다네, 멜리보이우스, 나의
    제단은

해마다 열두 날씩 그분을 위해서 연기를 피우지.

거기서 그분이 처음으로, 탄원하는 내게 이렇게 답하셨다네.

45 "예전처럼 소들에게 풀을 먹여라, 목동들아, 수소를 키워라."

멜리보이우스

운 좋은 늙은이, 그러면 그대의 시골은 남아 있겠군.

게다가 그대에겐 충분히 넓지. 비록 온 초지가 헐벗은 돌
    투성이에

진흙 범벅 골풀 난 습지로 뒤덮여 있다고는 하나.

낯모르는 먹이가 새끼 밴 어미를 괴롭히는 일도,

50 이웃의 가축이 나쁜 병을 옮겨 해치는 일도 없겠지.

운 좋은 늙은이, 여기 낯익은 시냇물과

성스러운 샘들 사이에서 서늘한 응달을 찾겠지.

여기 이웃 사잇길 울타리에서는 언제나 그랬듯

버드나무 꽃 마시는 휘블라[2]의 꿀벌들이

55 그대에게 부드럽게 잠을 속삭이는 일도 자주 있겠지.

여기 높은 절벽 아래 가지 치는 사람이 바람에 노래하겠지.

그동안에도 그대가 아끼는 쉰 소리 멧비둘기들은,

호도애는, 느릅나무 우듬지서 울음을 그치지 않으리.

Tityrus

Ante leues ergo pascentur in aequore cerui

et freta destituent nudos in litore piscis, 60

ante pererratis amborum finibus exsul

aut Ararim Parthus bibet aut Germania Tigrim,

quam nostro illius labatur pectore uultus.

Meliboeus

At nos hinc alii sitientis ibimus Afros,

pars Scythiam et rapidum cretae ueniemus Oaxen 65

et penitus toto diuisos orbe Britannos.

en umquam patrios longo post tempore finis

pauperis et tuguri congestum caespite culmen,

post aliquot, mea regna, uidens mirabor aristas?

impius haec tam culta noualia miles habebit, 70

barbarus has segetes. en quo discordia ciuis

produxit miseros: his nos conseuimus agros!

insere nunc, Meliboee, piros, pone ordine uitis.

티튀루스

날개 단 사슴이 하늘에서 풀을 뜯고서야,

60 　바다가 물고기를 해안가에 메마른 채 버려두고서야,

추방되어 서로의 영토를 떠돌던 파르티아인과 게르마니아
　　인이

아라리스 강물과 티그리스 강물을 마시고서야,[3]

그의 얼굴 나의 마음에서 사라지리.

멜리보이우스

그러나 우리는 여기서 떠나가네, 누군가는 메마른 아프리
　　카로,

65 　누군가는 스퀴티아로, 석회를 채어가는 오악세스강으로,[4]

온 세상과 저 멀리 떨어져 있는 브리타니아까지.

아, 언젠가 긴 세월이 지나면, 고향의 강토를,

허름한 오두막의 뗏장 덮은 지붕을,

훗날 몇 줌의 이삭을, 내 왕국을 보며 놀라게 될까?

70 　이토록 보살핀 휴경지건만, 불경한 군인이 갖겠지,

이 농토를 야만인이 갖겠지. 아, 전쟁이 불쌍한 시민들을

어느 지경까지 내몰았는가! 저들을 위해서 밭에 씨를 뿌렸
　　다니!

이제 배나무를 접붙여라, 멜리보이우스, 줄 맞추어 포도나
　　무 심어라.

ite meae, felix quondam pecus, ite capellae.

non ego uos posthac uiridi proiectus in antro   75

dumosa pendere procul de rupe uidebo;

carmina nulla canam; non me pascente, capellae,

florentem cytisum et salices carpetis amaras.

Tityrus

Hic tamen hanc mecum poteras requiescere noctem

fronde super uiridi: sunt nobis mitia poma,   80

castaneae molles et pressi copia lactis,

et iam summa procul uillarum culmina fumant

maioresque cadunt altis de montibus umbrae.

가라, 나의 염소들아, 한때는 행복했던 가축들아, 가라.

75 이제는 없겠지, 내가 푸른 동굴 안에 드러누워

덤불 덮인 절벽에 달라붙은 너희를 지켜보는 일은.

나는 어떠한 노래도 하지 않으리. 이제는 없으리, 염소들아,

내가 너희에게 꽃 피운 퀴티수스와 씁쓸한 버드나무 먹이

는 일은.

티튀루스

그래도 그대는 여기 나와 함께 푸른 풀밭 위에 누워

80 이 밤을 쉴 수도 있다네. 나에게 잘 익은 열매가,

무른 단밤이, 눌러 굳힌 건락이 가득 있다네.

벌써 저 멀리 마을의 지붕에서 연기가 피어오르네.

높은 산 아래로 짙은 그늘이 내려오고 있네.

해설

〈제1목가〉는 두 목동, 멜리보이우스와 티튀루스의 엇갈리는 운명을 그린다. 멜리보이우스는 군인에게 땅을 빼앗기고 고향을 떠나지만, 티튀루스는 로마에서 만난 '젊은이' 덕분에 땅을 보존하고 '그늘 속 느긋이' 누워 풀피리를 연주하고 있다. 두 목동이 주고받는 대화에는 자연과 노래, 목축과 농경, 연애의 삽화 등 목가 장르의 전형적인 테마가 등장하는 한편, 전쟁의 상흔과 도시의 권력, 노래의 상실이라는 비극적 주제가 삽입되어 있다.

언뜻 보기에 이 시편은 우리가 '목가'라는 장르에 대해 가진 어렴풋한 인상과는 다소 충돌하는 듯하다. 흔히 목가라고 하면 푸른 하늘 아래 너른 들판에서 동물들이 한가로이 노니는, 비현실적일 정도로 평화롭고 한적한 풍경이 떠오른다. 그러나 이 시편은 그러한 목가적 풍경을 묘사하면서도, 동시에 그 바깥에 놓인 현실의 육중한 압력을 여실히 드러낸다. 베르길리우스의 《목가》는 이처럼 독자의 예상을 깨뜨리는 파격적인 시편으로 시작하며, 그 충격은 현대의 독자뿐 아니라 고대의 독자에게도 마찬가지였을 것이다. 이는 베르길리우스가 모델로 삼고 있는 테오크리토

스Theocritus의 〈제1목가〉 서두와 비교하면 분명하게 드러
난다.

　　감미롭다네, 저 소나무 냇가에서 사락이는 노랫소리도,
　　염소치기여, 감미롭다네, 그대가 연주하는 쉬링크스
　　소리도. 그대는 판 다음으로 이등상을 얻게 되리.
　　그가 뿔 달린 숫염소를 고르거든, 그대는 암염소를 얻
　　　으리,
　　그가 암염소를 상으로 얻거든, 그대에게 가게 되는 것은
　　암컷 새끼 염소. 새끼 염소 고기는 맛이 좋으니, 그대가
　　　젖을 짜기 전까지는.

　테오크리토스는 기원전 3세기의 희랍 시인으로, 시칠리
아에서 태어나 알렉산드리아로 이주하여 활동한 것으로
추정된다. 호메로스Homerus의 서사시는 물론 희랍의 서정
시 전통에서도 계속 이어진 자연 정경의 모티프를 바탕으
로 하여, 시칠리아의 자연을 아름답게 묘사하면서 목동들
의 일상 생활과 노래 경연을 경쾌한 정조로 풀어내는 시편
을 통해 목가라는 새로운 장르를 창시했다. 특히 서사시의
운율로 희극적 테마를, 그것도 시칠리아 운문 전통의 언어
였던 도리스 방언의 어휘를 활용하여 그려낸다는 구상은,
테오크리토스에게 새로운 전통을 확립하려는 의식이 있었

음을 시사한다. 이러한 전통은 테오크리토스의 것으로 간주되었던 그의 모작模作이나, 모스코스Moschus나 비온Bion 등의 희랍 목가 시인들을 통해 이어지게 된다.

테오크리토스의 〈제1목가〉 서두에서 우리는 목가의 전형적인 테마를 다시 한번 확인한다. 자연 풍경의 미적 효과가 언급되고, 그러한 효과가 목동이 연주하는 음악의 효과와 대등하게 비교되며, 노래 경연의 모티프가 이어진다. 화자가 상대방을 향해 말을 걸며 목가적 풍경을 묘사하고 그의 음악을 칭찬한다는 공통적인 구성 또한, 베르길리우스가 의식적으로 테오크리토스를 모방하고 있음을 보여준다. 하지만 목동의 일상을 넌지시 암시하며 노래의 포상에 관련된 익살스러운 대사가 이어지는 테오크리토스의 목가와는 달리, 베르길리우스의 목가에서는 고향을, 말하자면 목가의 세계를 떠나는 화자의 절망과 체념이 대조된다. 이처럼 전반적으로 테오크리토스의 목가가 경쾌하고 희극적인 분위기를 보여주는 반면, 베르길리우스의 목가는 한편으로는 〈제1목가〉처럼 비통한 애수가 어려 있으면서도 이후 보게 될 것처럼 목가의 가벼운 정감과는 대조적인 장엄하고 숭고한 정조를 띠기도 한다. 이와 같이 모방과 동시에 변주를 통해서 독창성을 드러내는 것은 희랍 문학에 대한 라틴 문학의 전형적인 태도이자 방법론이며, 베르길리우스의 〈제1목가〉 서두는 가장 파격적인 방식으로 이 태도를 보여준다. 이처럼 베르길리우스는 〈제6목가〉에서 스스로 은근히 자부하며 강조하듯 '처음으로' 라틴어로 목가를 쓰기로 결심한 시인의 대담하고 참신한 시적 자의식을 드러낸다.

특히, 〈제1목가〉에서 시인의 과감한 시선이 향하는 곳은 당대의 역사적 현실이다. 카이사르Caesar 암살 이후 로마의 세력자들은 권력을 차지하기 위해 파벌을 나누고 전쟁을 벌였다. 기원전 42년, 카이사르 세력에 속하는 안토니우스 Antonius, 옥타비아누스Octavianus, 레피두스Lepidus 삼두정은 원로원 세력에 속하는 브루투스Brutus, 카시우스Cassius에 맞서 마케도니아 필리피 지역에서 대규모의 전투를 감행했다. 필리피 전투는 삼두정 세력의 승리로 끝났고, 옥타비아누스는 참전한 군인들에게 포상으로 이탈리아 반도의 토지를 분배하겠다고 약속했다. 그 결과 각 토지에 거주하던 농민들이 토지를 몰수당하고 강제로 이주를 당했다. 〈제1목가〉에서 멜리보이우스가 고향을 떠나야만 하는 이유가 바로 이것이다.

고대 주석 전통은 이에 근거하여 〈제1목가〉를 베르길리우스의 자전적 작품으로 보고, 베르길리우스 또한 토지 몰수의 피해를 입을 뻔했으나 옥타비아누스의 도움으로 몰수를 면제받았다는 해석을 제시했다. 예컨대 세르비우스 Servius는 〈제1목가〉 주석에서 베르길리우스가 티튀루스의 페르소나를 취하고 있다고 쓴다. 이에 따라 〈제1목가〉에서 티튀루스를 구원한 '젊은이iuuenis' 혹은 '신deus' 또한 옥타비아누스를 가리키는 것으로 해석되었다. 하지만 현대의 연구자들은 베르길리우스가 토지 몰수 사건에 영향을 받았다는 사실 자체는 의심하기 어렵다고 해도, 그 영향의 구체적인 정도나 추이는 확언하기 힘들다고 본다. 따라서 〈제1목가〉에 베르길리우스의 자전적 삽화가 포함되어 있다 해도, 시 전체를 역사적, 전기적 사실의 알레고리로 읽기보다는 그가 어떻게 목가라는 문학 장르에 로마의 역사를 삽입함으로써 특유의 분위기와 뉘앙스를 창조했는지 살펴보는 것이 시편의 이해에 더 도움이 될 것이다.

이 점에서 시편의 마지막 시구에 주목하고 싶다. 마지막 시구에서 티튀루스는 멜리보이우스에게 저녁이 오면서 짙어지는 그늘 아래 쉬어가기를 청한다. 그러나 시인은 멜리보이우스의 응답을 기록하지 않은 채 시를 끝맺는다. 시구의 마지막 낱말 'umbra'는 '그늘'을 뜻하며, 마지막 시편 〈제10목가〉의 마지막 단락에도 다시 언급되어 시집을 마무리하는 시어이기도 하다. 이 '그늘'은 한편으로는 티튀루스가 풀피리를 연주하는 나무 아래처럼 평온하고 안전하지만, 다른 한편으로는 멜리보이우스가 고향을 등지고 염소를 다그쳐야 하는 저녁의 기나긴 길처럼 무겁고 어둡다. '그늘'의 이러한 양가성은 목가라는 장르 속에 새겨진

22

예술적 이상과 역사적 현실의 괴리를 암시하고, 기록되지 않은 멜리보이우스의 응답처럼 흐릿하게 부유하는 슬픔의 정조를 만들어낸다. 이와 같은 독특한 이미지와 분위기는 베르길리우스의 《목가》 전체를 맴돈다. 이처럼 〈제1목가〉는 경쾌하고 희극적인 테오크리토스의 목가와는 다른, 베르길리우스 고유의 목가가 시작되는 순간을 보여준다. 이 시편을 통해 우리는 어떤 기미와 함께, 베르길리우스가 드리우는 '그늘' 속으로 들어간다.

Ecloga II

Formosum pastor Corydon ardebat Alexin,

delicias domini, nec quid speraret habebat.

tantum inter densas, umbrosa cacumina, fagos

adsidue ueniebat. ibi haec incondita solus

montibus et siluis studio iactabat inani: 5

'O crudelis Alexi, nihil mea carmina curas?

nil nostri miserere? mori me denique cogis?

nunc etiam pecudes umbras et frigora captant,

nunc uiridis etiam occultant spineta lacertos,

Thestylis et rapido fessis messoribus aestu   10

alia serpyllumque herbas contundit olentis.

at mecum raucis, tua dum uestigia lustro,

sole sub ardenti resonant arbusta cicadis.

nonne fuit satius tristis Amaryllidos iras

atque superba pati fastidia? nonne Menalcan,   15

quamuis ille niger, quamuis tu candidus esses?

o formose puer, nimium ne crede colori:

alba ligustra cadunt, uaccinia nigra leguntur.

제2목가

아름다운 알렉시스에게 목동 코뤼돈은 불타올랐다.
알렉시스는 주인의 기쁨이었으니 희망은 없었다.
다만 우듬지 그늘진 울창한 너도밤나무 가운데로
끊임없이 갔다. 그곳에서 홀로, 헛된 열정으로
5 산에게 숲에게 되는 대로 이렇게 쏟아붓곤 했다.
'오, 잔인한 알렉시스, 나의 노래 따윈 마음 쓰지 않는지?
내가 불쌍하지는 않은지? 마침내 나를 죽게 할 셈인지?
지금은 집짐승도 서늘한 그늘을 찾고,
지금은 초록빛 도마뱀도 가시덤불에 숨는데,
10 테스틸리스는 매서운 무더위에 수확하다 지친 농부에게
마늘이며 백리향을, 향기 나는 약초들을 찧어 주는데.
하지만 내가 너의 발자국을 쫓는 동안, 쉰 소리 매미들
나를 따라 불타는 태양 아래 나무에서 메아리 울리네.
차라리 더 나았던가, 아마륄리스의 울분과
15 건방진 짜증을 견디는 편이? 메날카스라면 어땠을까,
비록 그는 까맣고, 너는 하얗다고 해도.
오, 아름다운 소년이여, 빛깔을 너무 믿지는 말기를.
하얀 쥐똥나무 꽃은 떨어지고, 까만 월귤나무 꽃은 따 모으니.

despectus tibi sum, nec qui sim quaeris, Alexi,

quam diues pecoris, niuei quam lactis abundans.   20

mille meae Siculis errant in montibus agnae;

lac mihi non aestate nouum, non frigore defit.

canto quae solitus, si quando armenta uocabat,

Amphion Dircaeus in Actaeo Aracyntho.

nec sum adeo informis: nuper me in litore uidi,   25

cum placidum uentis staret mare. non ego Daphnin

iudice te metuam, si numquam fallit imago.

o tantum libeat mecum tibi sordida rura

atque humilis habitare casas et figere ceruos,

haedorumque gregem uiridi compellere hibisco!   30

mecum una in siluis imitabere Pana canendo

(Pan primus calamos cera coniungere pluris

instituit, Pan curat ouis ouiumque magistros),

nec te paeniteat calamo triuisse labellum:

haec eadem ut sciret, quid non faciebat Amyntas?   35

est mihi disparibus septem compacta cicutis

너는 나를 깔보고 있지, 내가 누구인지 묻지도 않고, 알렉
    시스,

20 얼마나 가축이 많은지도, 눈처럼 하얀 젖이 얼마나 넘치는
    지도.

나의 암양 천 마리 시킬리아[5] 산속을 떠돌고 있는데,

나에게는 여름에나 겨울에나 갓 짜낸 젖이 가득 있는데.

나는 노래하네, 디르케의 암피온이 아티카의 아라퀸투스
    에서[6]

소 떼를 부를 때 노래하던 그 가락을.

25 나는 그렇게 못나지도 않았지, 잔잔한 바람 불던 얼마 전에

바다에서 내 얼굴을 보았네. 네가 심판이라 해도 나는 다
    프니스[7]가

두렵지 않아, 만일 물에 비친 영상에 결코 거짓이 없다면.

오, 그저 네가 나와 함께 지저분한 시골에서,

누추한 집에 살며 사슴 사냥을 즐긴다면,

30 푸른 접시꽃 가지 꺾어 새끼 염소 무리 몰기를 좋아한다면!

나와 함께 숲속에서 판[8]의 노래를 따라할 텐데,

밀랍으로 갈대 피리 엮는 법을 판이 처음

가르쳤으니,[9] 양 떼와 양들의 목자를 판이 돌보니.

갈대에 입술 대었던 일을 너는 후회하지 말아야 하네,

35 그걸 배우려 아뮌타스가 하지 않았던 일 무엇이었는지?

나에게는 길고 짧은 독미나리풀 일곱 줄로 엮은

fistula, Damoetas dono mihi quam dedit olim,

et dixit moriens: 'te nunc habet ista secundum';

dixit Damoetas, inuidit stultus Amyntas.

praeterea duo nec tuta mihi ualle reperti   40

capreoli, sparsis etiam nunc pellibus albo,

bina die siccant ouis ubera; quos tibi seruo.

iam pridem a me illos abducere Thestylis orat;

et faciet, quoniam sordent tibi munera nostra.

huc ades, o formose puer: tibi lilia plenis   45

ecce ferunt Nymphae calathis; tibi candida Nais,

pallentis uiolas et summa papauera carpens,

narcissum et florem iungit bene olentis anethi;

tum casia atque aliis intexens suauibus herbis

mollia luteola pingit uaccinia calta.   50

ipse ego cana legam tenera lanugine mala

castaneasque nuces, mea quas Amaryllis amabat;

addam cerea pruna (honos erit huic quoque pomo),

et uos, o lauri, carpam et te, proxima myrte,

sic positae quoniam suauis miscetis odores.   55

피리가 있지, 지난날 다모이타스가 내게 선물로 주었네.

죽어가며 한 말. "이제 피리가 너를 두 번째 주인으로 삼는
   구나."

다모이타스가 그렇게 말하자 아뮌타스는 옹졸하게 질투했지.

40 더구나 아슬아슬한 계곡에서 찾은 두 마리

노루도 있어, 아직도 피부가 하얗게 얼룩덜룩하고

하루에 두 번씩 젖을 빤다네. 널 위해 돌보고 있지.

오래전부터 테스틸리스는 보채고 있네, 노루를 내게서 가
   져가려고.

그렇게 되겠지, 너에게 내 선물은 추레할 뿐이니.

45 여기 옆에 오렴, 아름다운 아이야, 백합꽃 가득한 바구니를

보려무나, 뉨파[10]들이 너에게 가져다주는구나. 네게 하이
   얀 나이스[11]가,

검푸른 제비꽃과 키 높은 양귀비 따다가,

수선화와 향긋한 시라자꽃 고이 엮어주는구나.

그러고는 백서향과 달큼한 향초를 묶으며

50 반드러운 월귤나무 샛노란 금잔화로 색 입히네.

나는 솜털 가느다란 뽀얀 열매 모으려네,

거기에 알밤도, 나의 아마륄리스가 좋아했지.

밀랍빛 자두도 더해야지, 이 자두에게도 영광이 될 테니.

그리고 너희 월계수도, 가까이 너 도금양도,

55 이렇게 놓으면 달크무레 향내를 섞어줄 테니.

rusticus es, Corydon; nec munera curat Alexis,

nec, si muneribus certes, concedat Iollas.

heu heu, quid uolui misero mihi? floribus Austrum

perditus et liquidis immisi fontibus apros.

quem fugis, a! demens? habitarunt di quoque siluas   60

Dardaniusque Paris. Pallas quas condidit arces

ipsa colat; nobis placeant ante omnia siluae.

torua leaena lupum sequitur, lupus ipse capellam,

florentem cytisum sequitur lasciua capella,

te Corydon, o Alexi: trahit sua quemque uoluptas.   65

aspice, aratra iugo referunt suspensa iuuenci,

et sol crescentis decedens duplicat umbras;

me tamen urit amor: quis enim modus adsit amori?

a, Corydon, Corydon, quae te dementia cepit!

semiputata tibi frondosa uitis in ulmo est: 70

quin tu aliquid saltem potius, quorum indiget usus,

uiminibus mollique paras detexere iunco?

코뤼돈, 이 촌것아. 선물 따위 알렉시스는 아랑곳도 하지 않고,

선물로 겨룬다 해도 이올라스는 이기지 못하겠지.

아아, 가련하게도 나는 무엇을 원했던가? 정신이 나가서

꽃밭에 남풍을, 맑은 샘물에 멧돼지를 들이고 말았네.

60 누굴 피하려 드는가, 아, 미친놈 같으니! 신들도 숲에 사셨

는데,

다르다니아의 파리스도.[12] 팔라스께서 세우신 성채는

스스로 돌보시기를, 우리에게 무엇보다 반가운 것은 숲이

어야 하네.[13]

흉폭한 암사자는 늑대를 쫓고, 늑대는 염소를,

퀴티수스 꽃을 쫓는 것은 난잡한 염소,

65 코뤼돈은 너를, 아, 알렉시스! 누구나 나름의 쾌락을 탐하

는 법.

보라, 송아지들이 멍에에 달린 쟁기를 끌며 집으로 가네,

저무는 해는 길어지는 그늘을 더하네,

그런데도 사랑은 나를 태우네, 사랑에는 한도라는 것이 없

는지?

아, 코뤼돈, 코뤼돈, 무슨 광기가 너를 사로잡은 것인지!

70 포도 넝쿨은 잎사귀 무성한 느릅나무 휘감는데, 너는 가지

를 치다 말았네.

차라리 버들가지와 나긋한 골풀 엮어 무언가

만드는 게 낫지 않을지? 어딘가 쓸 곳이 있을 터이니.

31

inuenies alium, si te hic fastidit, Alexin.'

너는 찾아내겠지, 이 알렉시스가 너를 경멸하면, 다른 알
렉시스를.'

해설

〈제2목가〉는 이루어질 수 없는 사랑에 고통을 겪는 목동 코뤼돈의 긴 독백을 담고 있다. 독백에 앞서 제시되는 서술자의 간결한 요약은 코뤼돈의 사랑을 '헛된 열정'으로 간추림으로써 독자의 어떠한 기대도 허용하지 않는다. 코뤼돈의 노래는 욕망의 대상을 비하하고 자신의 재산과 외모를 자랑하는가 하면, 다시금 그를 유혹하려다가 자신을 비하하는 등 혼란스럽고 격정적인 짝사랑의 감정을 실감나게 표현하고 있다. 각 내용의 분량 또한 균형이 맞지 않아, 그야말로 '되는 대로 […] 쏟아붓'는 노래처럼 보인다. 동성애를 다룬 앙드레 지드André Gide의 에세이 《코리동Corydon》의 제목 또한 바로 이 노래의 화자에게서 비롯한 것이다.

그러나 이러한 혼란과 격정의 배면에는 철저하게 설계된 독창성이 감추어져 있다. 이는 무엇보다 이 시가 테오크리토스의 유명한 〈제11목가〉를 모방하고 있음을 고려할 때 잘 드러난다. 테오크리토스의 〈제11목가〉는 외눈박이 괴물 폴뤼페모스가 짝사랑하는 바다의 요정 갈라테아를 그리워하는 노래로 이루어져 있다. 이 폴뤼페모스는 호메로스의 《오뒷세이아》 9권에 등장하는 퀴클롭스로, 오뒷세

34

우스의 동료들을 잡아먹었으나 오뒷세우스의 계략으로 눈을 잃어버리는 이야기로 유명하다. 잔인하고 초인적인 괴물 퀴클롭스가 목가의 주인공으로 등장한다는 사실이 이상하게 보일지 모르지만, 《오뒷세이아》 9권의 묘사를 자세히 보면 퀴클롭스들의 섬은 농경과 노동이 없어도 자연히 곡식과 과일이 자라나며 양 떼와 염소 떼가 가득한 풍요로운 곳으로 묘사된다. 폴뤼페모스는 양 떼를 기르는 목부牧夫로, 눈을 잃은 뒤에는 양에게 서글프게 말을 거는 장면도 나온다. 자연스럽게 여기에는 목가의 전형적인 시어들이 빈번히 등장하며, 테오크리토스가 이를 소재로 활용하여 한 편의 목가를 지었다는 것은 호메로스의 분명한 영향을 드러낸다.

베르길리우스는 여러 부분에서 테오크리토스를 모방하는데, 이를테면 25-27행에서 코뤼돈이 바닷물에 비친 자신의 얼굴을 언급하는 대목은 거의 번안에 가깝다. 하지만 테오크리토스가 호메로스 서사시의 무시무시한 괴물을 짝사랑에 시달리는 캐릭터로 묘사하여 희극적 효과를 의도했다면, 베르길리우스는 코뤼돈의 짝사랑에 극복할 수 없는 삼각관계를 도입하고 여기에 농촌과 도시의 대조를 배경으로 제시하여 현실성과 비극성을 더한다. 이처럼 베르길리우스는 테오크리토스의 목가에 제시된 여러 장면을 편집하고 정교하게 다듬으며 유려한 시편을 지어낸다.

나아가 역사의 상흔을 통해서 목가적 이상의 한계를 암시한 〈제1목가〉와 마찬가지로, 코뤼돈의 목가적 이상은 이루어지지 않는 사랑의 열정으로 인해 끊임없이 그 가치를 위협받는다. 사랑이라는 주제는 이미 테오크리토스의 목가에서도 활용되었지만, 여러 연구자들은 베르길리우스가 〈제2목가〉에서 의도적으로 로마의 고유한 문학 장르인 연가恋歌와 목가의 상호 영향을 표현한다고 본다. 말하자면 사랑이라는 시적 테마가 어떻게 목가의 주제들과 관계할 수 있는지에 관한 실험이 이루어지는 것이다. 이는 연가의 창시자로 간주되는 갈루스가 등장하는 〈제10목가〉에서 더욱 뚜렷이 드러난다.

그렇다면 사랑과 목가, 두 주제의 관계에 대한 베르길리우스의 답은 무엇일까? 테오크리토스의 〈제11목가〉 서두에서 서술자는 폴뤼페모스가 사랑의 유일한 치료제로 노래를 택했다고 전한다. 서술자는 폴뤼페모스의 노래가 끝난 뒤 다시 등장해 폴뤼페모스가 그 노래를 통해 치료되었다고 밝히며 시를 끝맺는다. 그러나 코뤼돈은 (역시 〈제1목가〉를 연상시키는) 저무는 해와 함께, 길어지는 저녁에도 불구하고 사그라들지 않는 불꽃에 절규한다. 이 때문에 '또 다른 알렉시스'에 대한 언급은 끊이지 않는 사랑의 열정에 대한 체념이 담긴 듯 보인다. 다시 한번 '목가'는 무력한 고요에 잠겨든다.

Ecloga III

Menalcas

Dic mihi, Damoeta, cuium pecus? an Meliboei?

Damoetas

Non, uerum Aegonis; nuper mihi tradidit Aegon.

Menalcas

Infelix o semper, oues, pecus! ipse Neaeram

dum fouet ac ne me sibi praeferat illa ueretur,

hic alienus ouis custos bis mulget in hora,   5

et sucus pecori et lac subducitur agnis.

Damoetas

Parcius ista uiris tamen obicienda memento.

nouimus et qui te transuersa tuentibus hircis

제3목가

메날카스

말해보게, 다모이타스, 누구의 가축인가? 멜리보이우스?

다모이타스

아니야, 사실은 아이곤 것이네. 이즈막에 아이곤이 나에게
　　주었네.

메날카스

백날이 고달프구나, 양들아, 가축이란! 주인은 네아이라를
　　품고서

그녀가 자신보다 나를 더 반기지나 않을까 근심하고 있는데,

5　이 낯선 양치기는 한 시간에 두 번이나 양젖을 짜내니,

어미 양은 골수를, 새끼 양은 젖을 빼앗기는구나.

다모이타스

잊지 말게, 아무리 그래도 남자들에게는 그런 말을 삼가야
　　하네.

나는 알고 있다네, 숫염소들 곁눈으로 보는 동안 누가 자

et quo (sed faciles Nymphae risere) sacello.

Menalcas

Tum, credo, cum me arbustum uidere Miconis   10
atque mala uitis incidere falce nouellas.

Damoetas

Aut hic ad ueteres fagos cum Daphnidis arcum
fregisti et calamos: quae tu, peruerse Menalca,
et cum uidisti puero donata, dolebas,
et si non aliqua nocuisses, mortuus esses.   15

Menalcas

Quid domini faciant, audent cum talia fures?
non ego te uidi Damonis, pessime, caprum
excipere insidiis multum latrante Lycisca?
et cum clamarem 'quo nunc se proripit ille?

네를,

또 어떤 성소에서 그랬는지…[14] 상냥한 님파들은 웃었지만은.

메날카스

10 분명 그때로군, 님파들이 나를 봤을 때야. 미콘의 나무와

갓 자란 포도 넝쿨 악랄한 낫으로 베어대고 있었지.[15]

다모이타스

아니면 여기 늙은 너도밤나무 옆에서 자네가 다프니스의
   활과

화살 부러뜨린 때일지도. 비뚤어진 메날카스, 자네는 그
   목동이

이 선물들 받는 모습을 보았을 때도 몽니를 부리지 않았나.

15 어떻게든 그를 해치지 않았다면 자네가 죽고 말았겠지.

메날카스

주인이 무엇을 할 수 있겠는가, 도둑이 그 정도로 담이 크
   다면?

내가 자네를 보지 않았겠나? 악당 같으니, 다몬의 염소를
   덫에서

빼내고 있었지, 뤼키스카가 열성껏 짖고 있는데 말이야.[16]

그때 내가 외쳤지. "지금 저 자가 어디로 내빼려는 건가?

41

Tityre, coge pecus', tu post carecta latebas.

Damoetas

An mihi cantando uictus non redderet ille,

quem mea carminibus meruisset fistula caprum?

si nescis, meus ille caper fuit; et mihi Damon

ipse fatebatur, sed reddere posse negabat.

Menalcas

Cantando tu illum? aut umquam tibi fistula cera

iuncta fuit? non tu in triuiis, indocte, solebas

stridenti miserum stipula disperdere carmen?

Damoetas

Vis ergo inter nos quid possit uterque uicissim

experiamur? ego hanc uitulam (ne forte recuses,

bis uenit ad mulctram, binos alit ubere fetus)

depono; tu dic mecum quo pignore certes.

티튀루스, 가축을 모아두게." 자네는 왕골 뒤에 숨어 있었지.

다모이타스

그가 노래로 나에게 졌는데, 나의 피리가 노래의
보상으로 염소를 돌려받아야 마땅하지 않았겠나?
모르는 모양인데, 그 염소는 내 것이었네. 다몬도
나에게 그렇게 말했네, 돌려줄 수는 없다고 했지만.

메날카스

25 노래로 자네가 그를? 아니, 자네 언제부터 밀랍으로 엮은
피리가 있었나? 자네는 툭하면 삼거리에서 얼뜨기마냥
풀피리 쉿쉿대며, 노래를 끔찍하게 망쳐놓지 않았던가?

다모이타스

그러면 우리끼리 주고받으면서, 각자가 뭘 할 수 있는지
시험해 보겠나? 나는 이 송아지를 내놓겠네. 행여 거절할
　　까 말하자면,
30 이 소는 하루에 두 번씩 우유 통에 와서 두 마리 새끼에게
젖을 먹이네. 말해보게, 자네는 무엇을 걸고서 나와 겨룰
　　것인지.

Menalcas

De grege non ausim quicquam deponere tecum:

est mihi namque domi pater, est iniusta nouerca,

bisque die numerant ambo pecus, alter et haedos.

uerum, id quod multo tute ipse fatebere maius   35

(insanire libet quoniam tibi), pocula ponam

fagina, caelatum diuini opus Alcimedontis,

lenta quibus torno facili superaddita uitis

diffusos hedera uestit pallente corymbos.

in medio duo signa, Conon et — quis fuit alter,   40

descripsit radio totum qui gentibus orbem,

tempora quae messor, quae curuus arator haberet?

necdum illis labra admoui, sed condita seruo.

Damoetas

Et nobis idem Alcimedon duo pocula fecit

et molli circum est ansas amplexus acantho,   45

Orpheaque in medio posuit siluasque sequentis;

necdum illis labra admoui, sed condita seruo.

메날카스

가축들 중에서 감히 자네에게 내놓을 건 아무것도 없군.
나의 집에는 아버지가 있고, 부정不淨한 계모가 있어서,
둘이서 하루 두 번 가축을 세는데, 한 명은 새끼 염소까지
　　세네.

35　하지만 분명히 자네가 훨씬 더 좋다고 인정할 만한 게 있네.
자네는 넋이 나가는 것을 좋아하니까. 바로 잔이라네,
너도밤나무로 만들었지. 신과 같은 알키메돈이 조각하였네.
갈이틀로 솜씨 좋게 나긋한 포도 넝쿨 돋을새김하고
흩뿌린 열매들에 연둣빛 담쟁이덩굴 둘러놓았지.

40　가운데는 두 사람의 그림, 하나는 코논…[17] 다른 하나는 누
　　구였던가,
막대기로 인류에게 전 세계를 그려주었던 사람이네.[18]
어느 때 추수를 할지, 어느 시기에 몸을 굽혀 땅을 갈지도.
아직 잔에 입술도 대지 않았네, 감춰두고 지키고 있지.[19]

다모이타스

나에게도 똑같이 알키메돈이 잔 두 개를 만들어주었네.
45　보드라운 가시엉겅퀴가 손잡이 주변을 감싸고 있고,
가운데에는 오르페우스[20]와 그를 따라가는 숲을 그려놓았
　　다네.
아직 잔에 입술도 대지 않았네, 감춰두고 지키고 있지.

si ad uitulam spectas, nihil est quod pocula laudes.

Menalcas

Numquam hodie effugies; ueniam quocumque uocaris.

audiat haec tantum — uel qui uenit ecce Palaemon. 50

efficiam posthac ne quemquam uoce lacessas.

Damoetas

Quin age, si quid habes; in me mora non erit ulla,

nec quemquam fugio: tantum, uicine Palaemon,

sensibus haec imis (res est non parua) reponas.

Palaemon

Dicite, quandoquidem in molli consedimus herba. 55

et nunc omnis ager, nunc omnis parturit arbos,

nunc frondent siluae, nunc formosissimus annus.

incipe, Damoeta; tu deinde sequere, Menalca.

alternis dicetis; amant alterna Camenae.

Damoetas

Ab Ioue principium Musae: Iouis omnia plena; 60

자네가 송아지를 보면 잔을 칭찬할 까닭은 없을 테지만.

메날카스

오늘은 절대로 놓치지 않네. 어디로 부르든 나는 가겠네.

50 다만 이를 누군가 들어야 할 텐데… 보게, 팔라이몬이 오는군.

자네가 다시는 누구도 목소리로 괴롭히지 못하게 하겠네.

다모이타스

그럼 한번 해보게나. 나로서는 망설일 이유가 없으니.

피할 사람도 없네. 다만, 이웃 사람 팔라이몬이여,

하찮은 일이 아니니, 주의 깊게 경청해 주기를 바라네.

팔라이몬

55 두 사람 노래하게, 나긋한 잔디 위에 우리 앉아 있으니.

지금 온 땅이, 지금 온 나무가 싹을 틔우고,

지금 숲에 잎이 돋아나, 지금 가장 아름다운 계절이니.

시작하게, 다모이타스. 자네가 뒤따르게, 메날카스.

번갈아 노래하게, 카메나[21] 여신들께서는 대창對唱을 사랑하

시니.

다모이타스

60 유피테르[22]에서 시작하소서, 무사 여신들이시여, 만물은 유

ille colit terras, illi mea carmina curae.

Et me Phoebus amat; Phoebo sua semper apud me

munera sunt, lauri et suaue rubens hyacinthus.

Damoetas

Malo me Galatea petit, lasciua puella,

et fugit ad salices et se cupit ante uideri.   65

Menalcas

At mihi sese offert ultro, meus ignis, Amyntas,

notior ut iam sit canibus non Delia nostris.

Damoetas

Parta meae Veneri sunt munera: namque notaui

ipse locum, aëriae quo congessere palumbes.

Menalcas

Quod potui, puero siluestri ex arbore lecta   70

피테르로 충만하니.

그분께서 대지를 경작하시며, 그분께서 나의 노래를 돌보
시네.

메날카스

포이부스[23]께서는 나를 사랑하시네. 내게는 포이부스를 위한
선물이 있으니. 월계수, 그리고 붉은빛 난만한 휘아킨토스.[24]

다모이타스

갈라테아는 나에게 사과를 던지네, 장난기 많은 소녀.
65 버드나무 사이로 도망치지만 그 전에 들키기를 바라지.

메날카스

나의 불꽃 아뮌타스, 기꺼이 나에게로 찾아오네.
나의 개들은 이제 델리아보다 그를 더 잘 알아본다네.

다모이타스

나의 베누스를 위해 선물을 마련하였네. 산비둘기
저 높직이 둥지 튼 곳을 점찍어 두었지.

메날카스

70 내가 할 수 있었던 것은 다만 숲속 나무에서 황금 사과

aurea mala decem misi; cras altera mittam.

Damoetas

O quotiens et quae nobis Galatea locuta est!

partem aliquam, uenti, diuum referatis ad auris!

Menalcas

Quid prodest quod me ipse animo non spernis, Amynta,

si, dum tu sectaris apros, ego retia seruo?   75

Damoetas

Phyllida mitte mihi: meus est natalis, Iolla;

cum faciam uitula pro frugibus, ipse uenito.

Menalcas

Phyllida amo ante alias; nam me discedere fleuit

et longum 'formose, uale, uale,' inquit 'Iolla.'

열 개 따다 소년에게 보내는 것. 내일 또 열 개를 보내리.

다모이타스

오, 갈라테아가 나와 얼마나 많은 말을 주고받는지, 그 말
    은 또 어떻고!
바람이여, 조금이나마 신들의 귀에다 실어다 주렴!

메날카스

네 마음이 나를 미워하지 않는다고 해서 좋을 게 뭐지, 아
    뮌타스?
75 네가 멧돼지를 사냥하는 동안 나는 그물이나 지킨다면 말
    이야.

다모이타스

퓔리스를 내게 보내게나, 나의 생일이니, 이올라스.
수확제의 제물로 송아지를 바칠 때는 직접 오게.[25]

메날카스

나는 어떤 여자보다 퓔리스를 사랑하네. 내가 떠난다고 울
    었지.
거듭거듭 말했네, "아름다운 이올라스, 안녕, 안녕."

Damoetas

Triste lupus stabulis, maturis frugibus imbres,   80

arboribus uenti, nobis Amaryllidis irae.

Menalcas

Dulce satis umor, depulsis arbutus haedis,

lenta salix feto pecori, mihi solus Amyntas.

Damoetas

Pollio amat nostram, quamuis est rustica, Musam:

Pierides, uitulam lectori pascite uestro.   85

Menalcas

Pollio et ipse facit noua carmina: pascite taurum,

iam cornu petat et pedibus qui spargat harenam.

Damoetas

Qui te, Pollio, amat, ueniat quo te quoque gaudet;

다모이타스

80 서글프다네, 가축들 우리에 늑대가, 다 익은 과일에 빗발이,
  나무에는 바람이, 나에게는 아마릴리스의 노여움이.

메날카스

반갑다네, 갓 뿌린 씨에게는 빗물이, 젖을 뗀 새끼 염소에
  게는 산딸기가,
새끼 밴 가축에게는 자늑한 버드나무가, 나에게는 오로지
  아뮌타스가.

다모이타스

폴리오[26]는 나의 무사 사랑하네, 비록 촌스럽다 하나.
85 피에리아[27]의 여신들이여, 그대들의 독자를 위해 송아지를
  살찌우시길.

메날카스

폴리오 또한 새로운 노래를 짓습니다. 황소를 살찌우시길,
이제 뿔을 쳐들고 발길질로 모래를 흩뿌릴 테니.

다모이타스

폴리오, 그대를 사랑하는 이가 그대와 같은 경지에 이르렀
  다며 기뻐하기를,

mella fluant illi, ferat et rubus asper amomum.

Menalcas

Qui Bauium non odit, amet tua carmina, Maeui,   90

atque idem iungat uulpes et mulgeat hircos.

Damoetas

Qui legitis flores et humi nascentia fraga,

frigidus, o pueri (fugite hinc!), latet anguis in herba.

Menalcas

Parcite, oues, nimium procedere: non bene ripae

creditur; ipse aries etiam nunc uellera siccat.   95

Damoetas

Tityre, pascentis a flumine reice capellas:

ipse, ubi tempus erit, omnis in fonte lauabo.

Menalcas

Cogite ouis, pueri: si lac praeceperit aestus,

그이를 위해서 꿀이 강처럼 흐르고 가시 박힌 월귤나무에

두구豆蔻²⁸가 열리기를.

메날카스

90 바비우스를 싫어하지 않는 이 그대 노래 좋아하리, 마이비

우스,

그리고 그이는 여우에 멍에를 메고 숫염소 젖을 짜리.²⁹

다모이타스

꽃이며 땅에서 자라는 딸기며 따 모으는 너희 목동들아,

도망치거라! 써느런 뱀이 수풀 속에 숨어 있단다.

메날카스

풀 뜯거라, 양들아, 너무 나아가지는 말고. 강둑이라고

95 안심하지는 말거라, 지금도 숫양이 양털을 말리고 있으니.

다모이타스

티튀루스, 풀 뜯는 염소들을 강에서 물려라.

때가 되면 내가 모두 샘에 가서 씻길 터이니.

메날카스

양들을 모으거라, 목동들아. 열기가 젖을 다 말려버리면,

ut nuper, frustra pressabimus ubera palmis.

Damoetas

Heu heu, quam pingui macer est mihi taurus in eruo!   100

idem amor exitium pecori pecorisque magistro.

Menalcas

His certe neque amor causa est; uix ossibus haerent;

nescio quis teneros oculus mihi fascinat agnos.

Damoetas

Dic quibus in terris (et eris mihi magnus Apollo)

tres pateat caeli spatium non amplius ulnas.   105

Menalcas

Dic quibus in terris inscripti nomina regum

nascantur flores, et Phyllida solus habeto.

Palaemon

Non nostrum inter uos tantas componere lites:

et uitula tu dignus et hic, et quisquis amores

aut metuet dulcis aut experietur amaros.   110

요사이 그러했듯 우리 손은 헛되이 젖을 짜게 될 테니.

다모이타스

100 아아, 수북한 살갈퀴 속에 나의 황소는 어쩌나 말라빠졌는지!
사랑은 가축이든 가축의 목자든 마찬가지로 파괴할 따름.

메날카스

사랑은 분명 그 까닭이 아니네. 뼈대에 간신히 붙어만 있군.
모르긴 몰라도 어떤 눈[目]이 내 어린 양들 홀리는 것이네.

다모이타스

말해보게, 그럴 수 있다면 그대는 나에게 위대한 아폴로.
105 하늘의 너비가 삼 척을 넘지 않는 땅은 어디일까?[30]

메날카스

말해보게, 왕의 이름 새겨진 꽃이 피는 땅은 어디일까?[31]
말할 수 있다면 그대 혼자서 퓔리스를 가지게나.

팔라이몬

그대들의 빼어난 경연을 판가름하는 것은 내 일이 아니네.
그대도 이이도 송아지에 걸맞네, 그리고 누구나 그러하네,
110 달콤한 사랑을 두려워하거나 쓰디쓴 사랑을 맛보게 된다면.

claudite iam riuos, pueri; sat prata biberunt.

물길을 닫게나, 목동들이여. 잔디는 충분히 마셨으니.

해설

〈제3목가〉는 두 목동의 희극적 대화와 그에 이어지는 노래 경연, 즉 대창對唱, amoibaion을 그린다. 시집에서 가장 긴 시편이지만, 팔라이몬이라는 제3자가 등장하여 심판의 역할을 받아들이는 장면을 한가운데 두고 전반부가 대화, 후반부가 대창으로 이루어지는 안정적인 구성을 취해 그 분량을 지탱한다. 이러한 균형감은 팔라이몬의 최종 판정에서도 유지되는데, 그가 두 목동의 노래에 무승부 판정을 내리기 때문이다. 대화와 대창이라는 테마의 원안이 되는 테오크리토스의 〈제5목가〉에서 심판의 판정이 한쪽으로 기울어진 것을 생각하면, 베르길리우스가 무승부라는 새로운 결론을 제시한 데에는 분명한 의도가 있음을 짐작할 수 있다. 말하자면 미결의 방식이 도리어 전체에 완결성을 부여하며, 섬세한 감각으로 조율된 통일성을 이루는 것이다.

물론 이러한 통일성이 처음부터 전제되는 것은 아니다. 오히려 시인은 그러한 조화가 생성되고 조직되는 과정을 시 속에서 펼쳐내 보인다. 두 목동이 서로를 헐뜯고 조롱하는 전반부의 대화가, 형식과 내용의 반복과 변주를 통해서 조화와 균형을 이루는 후반부의 대창으로 전환되는 것이다. 이러한 전환의 극적 효과를 위해 시인은 두 목동의 대화를 마냥 웃을 수만은 없는 날 선 언어로 채운다. 이러한 불협화음은 첫 구절부터 은밀히 울려퍼진다. 여기서 시인은 테오크리토스의 시에서 한 구절을 빌려오면서도, 앞서 〈제1목가〉에서 고향을 떠나야 했던 멜리보이우스의 이름을 언급하여 불길한 전조를 드리운다. 《목가》의 시편들이 단일한 세계를 공유한다고 보기는 어렵지만, 시적 기억의 차원에서 〈제1목가〉를 지나온 독자에게 멜리보이우스의 이름은, 곧 메날카스가 상기시키는 그의 부재는 특유의 불안한 정조를 일으키는 것이다. 베르길리우스가 어떻게 테오크리토스의 문학적 유산을 자신의 것으로 변용하는지 다시 한번 보여주는 생생한 사례다.

이 시편은 그러한 변용으로 가득하다. 두 목동의 대화와 대창이라는 모티프는 물론, 대창에 앞서 승리의 포상으로 송아지와 잔을 언급하는 것은 테오크리토스의 〈제1목가〉에서 익명의 목동이 튀르시스에게 다프니스의 추도가를 부탁하며 염소 한 마리와 잔을 약속하는 장면을 차용한 것이다. 이 장면에서 테오크리토스와 베르길리우스는 모두 사물의 세부를 생동감 있게 묘사하는 기법 '엑프라시스ekphrasis'를 사용하는데, 이는 호메로스와 헤시오도스Hesiodus 때부터 전승된 서사시의 전통이다. 그리고 두 목동의 대창이 다루는 풍요로운 자연의 정경이나 〈제2목가〉를

61

상기시키는 연애의 삽화는 목가 전통을 대표하는 테마다. 이처럼 베르길리우스는 테오크리토스의 시에 제시된 모티프와 전통적 테마를 번안하고 조합하여 자신의 시편으로 통합한다.

이러한 시적 통합의 과정은 두 인물의 대조에서도 나타난다. 메날카스는 혈기가 방장한 젊은 목동으로 다모이타스에게 거친 호승심을 보이지만, 다모이타스는 차분하고 여유로운 경력자의 모습을 보여준다. 베르길리우스는 메날카스의 모습을 통해 테오크리토스를 위시한 선대의 시적 유산에 대한 대결의 의식을 표명하는 동시에, 그 유산의 변용으로 작품을 구성함으로써 그러한 의식을 보다 상위의 통일성으로 지양하는 데에 성공했음을 은근히 자부하는지도 모른다. 이는 특히 베르길리우스가 단순히 기존의 전통을 변주하고 조합하는 데에 그치지 않았다는 점에서 두드러진다. 기존의 전통을 적극적으로 활용했기에, 오히려 그 전통에서 부재하거나 전면화되지 않았던 요소가 시선을 이끄는 것이다. 이를테면 천문학이라는 주제, 그리고 '잔'이라는 공예품에 투영된 시인의 자의식이 그러하다.

잔에 대한 엑프라시스는 테오크리토스의 목가에도 나타나지만, 그의 목가에서는 잔이 하나만 등장하고 그 묘사는 전원의 정경을 경쾌하게 그려내는 우화와 관련된다. 반면 베르길리우스는 메날카스가 자랑스레 잔을 내놓자 다모이타스가 자신도 같은 장인이 만든 잔을 가지고 있다며 응답하는 장면으로 묘한 대조를 그려낸다. 나아가 메날카스의 잔에는 천문학자로 추정되는 인물이 묘사되는 한편, 다모이타스의 잔에는 예술가를 상징하는 신화적 인물 오르페우스가 그려져 있다. 한쪽이 천문학과 우주론이라는 지식의 이상을 시사한다면, 다른 한쪽은 자연과 조화를 이루고 비극적인 사랑으로 죽음을 맞이한 예술가를 통해 예술의 이념을 암시한다. 이러한 대조는 시편의 결말에서 다시 반복된다. 다모이타스의 수수께끼는 천문학적 발견을 암시하는 한편, 메날카스의 수수께끼는 목동들의 신인 아폴론의 비극적 사랑을 상기시키기 때문이다. 이처럼 베르길리우스는 테오크리토스의 목가에서 가져온 모티프에, 테오크리토스의 가볍고 소박한 주제 대신 숭고하고 세련된 주제를 융합한다. 이를 통해 부조화를 조화롭게 만들고, 무질서에 질서를 부여하고, 기존의 형식에 새로운 내용을 결합하는 시의 고유한 역량이 여실히 나타난다. 이로써 목가는 비상飛上의 예비를 마친다. 이어지는 〈제4목가〉의 첫 행에서 시인은 이렇게 제안한다. "우리 조금은 더 위대한 것들을 노래합시다."

Ecloga IV

Sicelides Musae, paulo maiora canamus!

non omnis arbusta iuuant humilesque myricae;

si canimus siluas, siluae sint consule dignae.

Vltima Cumaei uenit iam carminis aetas;

magnus ab integro saeclorum nascitur ordo.   5

iam redit et Virgo, redeunt Saturnia regna,

iam noua progenies caelo demittitur alto.

tu modo nascenti puero, quo ferrea primum

desinet ac toto surget gens aurea mundo,

casta faue Lucina: tuus iam regnat Apollo.   10

teque adeo decus hoc aeui, te consule, inibit,

Pollio, et incipient magni procedere menses;

te duce, si qua manent sceleris uestigia nostri,

inrita perpetua soluent formidine terras.

제4목가

시킬리아의 무사들이시여, 우리 조금은 더 위대한 것들을
　　노래합시다!
모든 이가 초목이며 수수한 버들을 반기지는 않습니다.
우리가 숲을 노래하려면, 그 숲은 집정관에 걸맞아야 할지니.
쿠마이[32]가 노래하는 마지막 시대는 이미 왔도다.

5　세기의 위대한 질서가 새로이 태어나는구나.
이제 처녀 또한 돌아오고, 사투르누스의 왕국이 돌아오며,[33]
이제 높은 하늘에서 새로운 혈족이 내려오는구나.
정결한 루키나[34]여, 그대는 다만 태어나는 아이를 가호하시
　　기를.
그 아이로 인해 처음으로 철의 종족 멸하고, 황금의 종족이
10　온 세상에 성할 것이니, 이제 그대의 아폴로[35]가 왕국을 다
　　스릴 터이니.
그대, 폴리오,[36] 바로 그대가 집정관일 때 이 영광의 세기는
들어설 것이며, 위대한 달[月]들이 나아가기 시작하리라.
설혹 우리가 저지른 죄악의 흔적이 남아 있다 해도,
그대의 통치에는 무력하여, 대지는 영원한 공포에서 해방
　　되리라.

ille deum uitam accipiet diuisque uidebit   15
permixtos heroas et ipse uidebitur illis,
pacatumque reget patriis uirtutibus orbem.
At tibi prima, puer, nullo munuscula cultu
errantis hederas passim cum baccare tellus
mixtaque ridenti colocasia fundet acantho.   20
ipsae lacte domum referent distenta capellae
ubera, nec magnos metuent armenta leones;
ipsa tibi blandos fundent cunabula flores.
occidet et serpens, et fallax herba ueneni
occidet; Assyrium uulgo nascetur amomum.   25
at simul heroum laudes et facta parentis
iam legere et quae sit poteris cognoscere uirtus,
molli paulatim flauescet campus arista
incultisque rubens pendebit sentibus uua
et durae quercus sudabunt roscida mella.   30
pauca tamen suberunt priscae uestigia fraudis,
quae temptare Thetim ratibus, quae cingere muris
oppida, quae iubeant telluri infindere sulcos.
alter erit tum Tiphys et altera quae uehat Argo
delectos heroas; erunt etiam altera bella   35
atque iterum ad Troiam magnus mittetur Achilles.

¹⁵ 그 아이는 신들과 살아갈 것이고, 신들과

어울려 사는 영웅들을 보며, 그들도 그를 보리라,

선조들의 미덕으로 세계를 평화로이 다스리리라.

아이야, 너에게 주어질 첫 번째 선물로, 경작하지 않은

땅이 바카르[37]와 함께 사방을 휘감은 담쟁이덩굴을,

²⁰ 웃음 짓는 가시엉겅퀴 섞인 콜로카시움[38] 흩뿌리리라.

한가득 젖이 부푼 염소들은 스스로 집으로 향하며,

소 떼들은 커다란 사자도 두려워 않으리라.

요람에는 너를 위해 올망졸망 꽃들이 절로 피어나고,

독사도 사라지고 사람을 속이는 독초도

²⁵ 사라지리라, 도처에 아쉬리아[39] 향풀이 돋으리라.

그러다 영웅의 찬가와 선조의 업적을 읽고서

미덕이란 무엇인지 네가 알 수 있을 때가 오면,

들판은 너울거리는 이삭으로 조금씩 누렇게 물들고

야생의 가시덤불에 붉디붉은 포도송이 달리며

³⁰ 옹골찬 떡갈나무에는 꿀방울이 맺히리라.

그럼에도 옛 거짓의 흔적은 작게나마 숨어 있으리라,

그리하여 뗏목으로 테티스[40]를 건너고, 마을에 장벽을

두르고, 대지에 밭고랑을 내라고 명하리라.

그때 또 다른 티퓌스와 또 다른 아르고가 나타나[41]

³⁵ 선별된 영웅들을 태우리라, 또 다른 전쟁들이 있으리라.

위대한 아킬레스는 다시 트로이아로 향하게 되리라.

hinc, ubi iam firmata uirum te fecerit aetas,

cedet et ipse mari uector, nec nautica pinus

mutabit merces; omnis feret omnia tellus.

non rastros patietur humus, non uinea falcem; 40

robustus quoque iam tauris iuga soluet arator.

nec uarios discet mentiri lana colores,

ipse sed in pratis aries iam suaue rubenti

murice, iam croceo mutabit uellera luto;

sponte sua sandyx pascentis uestiet agnos. 45

'Talia saecla' suis dixerunt 'currite' fusis

concordes stabili fatorum numine Parcae.

adgredere o magnos (aderit iam tempus) honores,

cara deum suboles, magnum Iouis incrementum!

aspice conuexo nutantem pondere mundum, 50

terrasque tractusque maris caelumque profundum;

aspice, uenturo laetantur ut omnia saeclo!

O mihi tum longae maneat pars ultima uitae,

spiritus et quantus sat erit tua dicere facta!

non me carminibus uincet nec Thracius Orpheus 55

nec Linus, huic mater quamuis atque huic pater adsit,

Orphei Calliopea, Lino formosus Apollo.

Pan etiam, Arcadia mecum si iudice certet,

이어서 장성한 세월이 이제 너를 사나이로 만들고 나면,
상인도 바다를 떠나고 소나무 배도 상품을 맞바꾸지
않으리라, 온 땅이 온갖 것을 낳으리니.
40 괭이로 흙을 갈 일도, 낫으로 포도 넝쿨 벨 일도 없으리라.
힘센 쟁기꾼도 이제 황소의 멍에를 풀어주리라.
털실이 다채로운 빛깔의 거짓말을 배우지 않아도,
초원의 숫양이 양털을 스스로 바꾸리라,
달콤한 자줏빛으로, 크로쿠스 노란빛으로.
45 풀 뜯는 새끼양들 절로 선홍빛을 입으리라.[42]
"이러한 시대를 자아내거라." 파르카 여신들[43] 한마음으로,
운명의 확고한 신력神力으로 그들의 방추紡錘에 말하셨도다.
나아가거라, 오, 위대한 광영光榮 향해, 이제 때가 오리니,
신들의 존귀한 혈통이여, 유피테르의 위여偉如한 후손이여!
50 보라, 천궁天穹의 무게로 요동치는 세계를,
대지를, 광활한 대양을, 창공의 심원을,
보라, 도래할 시대에 만물은 얼마나 기뻐하는가!
오, 그때 나에게 긴 삶의 마지막이 남아 있기를,
그대의 업적을 노래하기에 충분한 숨이 붙어 있기를!
55 노래로 나를 이기지 못하리, 트라키아[44]의 오르페우스[45]도,
리누스[46]도. 비록 오르페우스에게는 어머니 칼리오페아[47]가,
리누스에게는 신미信美하신 아폴로가 아버지로 있다 해도.
판[48]조차, 아르카디아[49]의 심판 아래 나와 겨룬다고 해도,

69

Pan etiam Arcadia dicat se iudice uictum.

Incipe, parue puer, risu cognoscere matrem   60

(matri longa decem tulerunt fastidia menses)

incipe, parue puer: qui non risere parenti,

nec deus hunc mensa, dea nec dignata cubili est.

판조차, 아르카디아의 심판 아래 자신이 졌다고 말하리.

60 시작하거라, 작은 아이야, 어머니를 알아보고 웃어주기를.

어머니는 열 달 동안 기나긴 고역을 치루었단다.

시작하거라, 작은 아이야, 부모에게 웃음 짓지 않은 아이는,

신께서는 연회에, 여신께선 침상에 걸맞지 않다고 여기셨
  단다.

해설

〈제4목가〉 서두에서 시인은 처음으로 자신의 목소리를 드러낸다. 〈제2목가〉의 서두 또한 3인칭 서술에 해당하지만, 그 서술은 시 바깥이 아니라 안에서 이루어진다. 하지만 〈제4목가〉에서 시인은 작품이 향하는 방향을 내다보듯 반성적인 시선을 취하여, 목가의 고향에서 살아가는 여신들을 부르면서 대담하게, 그러나 섬세하게 제안한다. "우리 조금은 더 위대한 것들을 노래합시다." 그리하여 시인은 전통적인 목가의 수수함과 소박함을 벗어나 "집정관에 걸맞"을 정도로 격조 높은 노래를 짓고자 한다. 그러나 동시에, 그 노래는 목가의 전통에 속하지 못할 정도로 지나치게 새로워서는 안 된다. 이를 위해 시인은 다시금 전통과 현재를, 신화와 역사를 융합한다. 그 결과, 《목가》의 시편들 중에서 가장 신비롭고 비의적인 예언의 노래가 우리 앞에 남아 있다.

〈제4목가〉에서 시인이 선택한 전통은 헤시오도스 이래로 전하는 '황금 시대' 신화다. 헤시오도스의 《일과 날》에 따르면 인류의 역사는 다섯 시대를 거쳐왔는데, 태초의 황금 시대 인류는 정의로운 사회에서 풍요로운 삶을 영위하였으나, 시간이 흐르고 인류가 타락함에 따라 백은 시대, 청동 시대, 영웅 시대를 거쳐 현생 인류가 살아가는 철 시대가 도래하게 된다. 이 신화는 당대의 도덕적 타락에 관한 비판을 함축하는 동시에, 이상적인 사회의 모습에 관한 상상을 신화의 틀 속에 담아낸다. 이는 마치 인식의 출처를 전생의 기억에 관한 상기로 틀 짓는 플라톤의 학설과도 같이, 이상향에 대한 인류의 희구를 머나먼 과거를 향하는 시선으로 표현하고 있다.

따라서 베르길리우스가 이 전통을 다루면서 그 속에서 황금 시대의 재래라는 주제를 찾아내고 이를 시빌라의 예언서와 연관 지은 것은 그리 놀라운 일이 아니다. 시인은 헤시오도스의 신화에서 과거를 향하던 시선을 미래로 전향시키고, 그에 걸맞는 예언의 어조를 부여한다. 원시적 인류의 소박한 안빈安貧을 표현하는 목가적 이미지들은 미래의 시대가 맞이할 화려하고 신비로운 풍요의 이미지로 변모하니, 이를테면 요람에는 꽃잎이 피어나고 주변에는 이국의 향풀이 돋아나며, 양들은 알록달록한 빛깔을 덧입는다. 물론 이러한 주제에서 우리는 테오크리토스의 목가집을 비롯하여 헬레니즘 시기 문학 작품에서 유행했던 찬가 장르의 영향을 발견할 수 있다. 그러나 테오크리토스의 목가집이 후대의 편집에 의한 임의적인 집성이라는 점에서 통일성을 결여하는 반면, 베르길리우스의 목가집은 그러

73

한 우연성을 제거하며 목가라는 형식에서 전통과 실험의 구성적 통일을 지향한다. 〈제4목가〉는 그러한 시인의 목표를, 즉 목가라는 장르의 혁신과 완성을 본격적으로, 그리고 극적으로 개시하는 작품인 것이다.

이러한 기획의 단초는 기실 〈제1목가〉의 서두에서 이미 예비되었다. 말하자면 멜리보이우스와 티튀루스의 대조적인 운명이 밝혀졌을 때, 우리는 목가의 이상적 세계에 역사적 현실의 고통이 틈입하고 있음을 목격했다. 그것은 목가의 위기이며, 나아가 문학 그 자체의 위기이기도 했다. 그것은 저녁놀과 함께 내려오는 그늘 아래 모습을 감추었을 뿐, 결코 사라지지는 않았다. 〈제4목가〉에서 시인은 목가와 역사의 조우라는 고유의 테마를 다시금 전개하고, 여기서 두 세계는 황금 시대의 재래라는 예언 속에서 성공적으로 융합된다. 목가는 역사를 통해서 스스로를 갱신하고, 역사는 목가를 통해서 그 지위에 걸맞는 아름다움을 얻는다. 문학의 위기와 역사의 위기는 공통의 사건을 통해서 동시에 극복된다. 그 사건이란 한 남자아이의 출생이다. 이 '아이'는 누구인가?

아이의 정체를 알려주는 단서는 폴리오라는 이름이다. 시인은 기원전 40년 폴리오의 주재 하에 이루어진 브룬디시움 평화조약을 시사한다. 술라Sulla와 마리우스Marius 이후 끊임없이 이어진 권력층의 내분과 정치적 혼란에 지쳐 있던 로마 시민들에게 이 조약은 내내 갈망해 왔던 평화를 기대하게 만들었을 터, 시인은 그러한 시민들의 희망에 목가의 형상과 예언의 음향을 부여했다. 따라서 시인이 이 노래로 말을 걸고 있는 '아이'는 그러한 평화를 대표하는 후대의 통치자일 것이니, 그는 바로 평화조약 이후 성사된, 옥타비아누스의 누이 옥타비아와 안토니우스의 결혼에서 태어날 남자아이를 가리킨다. 로마 시민들의 간절한 염원과 소망 속에서 태어날 그 아이는 내전의 종식을, 영원한 평화를, 황금 시대의 재래를 상징하는 아이였던 것이다.

그러나 그 아이는 태어나지 않았다. 옥타비아와 안토니우스의 결혼은 두 명의 딸을 남긴 채로 파기되었고, 로마의 패권을 차지하기 위한 최종 결전이 재개되었다. 《목가》의 정확한 출판 시기가 밝혀지지 않은 탓에 과연 출간 당시 시인이 이러한 상황을 알고 있었을지는 분명하지 않다. 만일 그렇다면 이 노래는 얼마나 허망하게 들렸을까. 그러나 그만큼 아름답게 들리기도 했을 것이다. 적어도 시인이 한 줄 한 줄 써내려간 시행 속에 담아낸 평화에 대한 열망만큼은 아직까지 전해지고 있다.

그러한 열망 때문이었을까, 이 시편은 시인이 결코 예기치 못했던 문학사적 행로에 오른다. 서기 4세기 이래 중세는 물론 20세기 초엽까지도, 기독교 저자들에게 이 시편은 예수의 탄생과 재림을 예언한 것으로 해석되었다. 베르길리우스가 단테 알리기에리Dante Alighieri의 《신곡》에서 안내 자로 선택된 까닭도 이와 무관하지 않다. 특히 19세기 독 일의 고전학자이자 종교사학자 에두아르트 노르덴Eduard Norden은 당대 알렉산드리아에서 행하던 종교 제의, 그리 고 이집트에서 발원하여 중동에 산재했던 신지학적 전통 과 〈제4목가〉가 연관성을 보인다고 주장하여 기독교적 해 석을 진지한 학문적 가설로 제기했다. 비록 이 주장은 오 늘날 설득력 있게 논박되었지만, 기독교적 해석의 강력함 을 보여주는 하나의 증거로 제시될 만하다. 그러나 그것은 그 해석 자체의 힘이라기보다 이 시편 자체가 지닌 아름다 움과 신비로움, 그리고 '황금 시대'에 대한 인류의 영원한 희구 때문이 아닐까.

Ecloga V

Menalcas

Cur non, Mopse, boni quoniam conuenimus ambo,

tu calamos inflare leuis, ego dicere uersus,

hic corylis mixtas inter consedimus ulmos?

Mopsus

Tu maior; tibi me est aequum parere, Menalca,

siue sub incertas Zephyris motantibus umbras   5

siue antro potius succedimus. aspice, ut antrum

siluestris raris sparsit labrusca racemis.

Menalcas

Montibus in nostris solus tibi certat Amyntas.

Mopsus

Quid, si idem certet Phoebum superare canendo?

제5목가

메날카스

어떤가, 몹수스, 뛰어난 우리 두 사람이 만났으니,

그대는 가벼운 피리 불고, 나는 노래를 부르지,

여기 느릅나무 사이 개암나무 섞인 곳에 함께 앉지 않겠는가?

몹수스

그대가 연장자니, 내가 그대에 따라 마땅하지요, 메날카스.

5 불어오는 서풍에 흔들리는 그늘 아래도 좋고,

아니면 차라리 동굴에 들어가도 되겠지요. 보시지요,

산포도에 다문다문 송이 맺혀 동굴을 에우고 있군요.

메날카스

우리의 산에서 그대와 유일하게 대적하는 이는 아뮌타스뿐.

몹수스

어떨까요, 그가 포이부스까지 노래로 이기려 한다면?

Menalcas

Incipe, Mopse, prior, si quos aut Phyllidis ignis   10

aut Alconis habes laudes aut iurgia Codri.

incipe: pascentis seruabit Tityrus haedos.

Mopsus

Immo haec, in uiridi nuper quae cortice fagi

carmina descripsi et modulans alterna notaui,

experiar: tu deinde iubeto certet Amyntas.   15

Menalcas

Lenta salix quantum pallenti cedit oliuae,

puniceis humilis quantum saliunca rosetis,

iudicio nostro tantum tibi cedit Amyntas.

sed tu desine plura, puer: successimus antro.

Mopsus

Exstinctum Nymphae crudeli funere Daphnin   20

flebant (uos coryli testes et flumina Nymphis),

cum complexa sui corpus miserabile nati

atque deos atque astra uocat crudelia mater.

메날카스

10 먼저 시작하게, 몹수스, 그대가 퓔리스를 향한 사랑의 불꽃
        이나,

알콘을 기리는 찬가나, 코드루스 비방가를 알고 있다면,[50]

시작하게, 풀 뜯는 염소들은 티튀루스가 지킬 테니까.

몹수스

이 노래는 어떨까요. 작금에 너도밤나무 푸른 껍질에다

노래를 새기고 박자에 맞추어 반주를 번갈아 표시하였지요.

15 시험해 보지요. 그다음 아뮌타스더러 겨뤄보라 명하시지요.

메날카스

여낙낙한 버드나무 연둣빛 올리브에 지듯,

새빨간 장미에 나즈막한 쥐오줌풀 지듯,

아뮌타스도 그대에게 질 것으로 가늠하네.

허나 이제 그치게나, 젊은이여, 동굴에 들어왔으니.

몹수스

20 잔혹한 죽음으로 끝을 맞은 다프니스[51] 위해, 뉨파들은

눈물 흘렸네, 너희 개암나무와 강물이 뉨파들의 증인이니.

그때 어머니는 자식의 가엾은 시신을 껴안고

신들도 별들도 잔혹하다 부르짖고 있었다네.

non ulli pastos illis egere diebus

frigida, Daphni, boues ad flumina; nulla nec amnem   25

libauit quadripes nec graminis attigit herbam.

Daphni, tuum Poenos etiam ingemuisse leones

interitum montesque feri siluaeque loquuntur.

Daphnis et Armenias curru subiungere tigris

instituit, Daphnis thiasos et inducere Bacchi   30

et foliis lentas intexere mollibus hastas.

uitis ut arboribus decori est, ut uitibus uuae,

ut gregibus tauri, segetes ut pinguibus aruis,

tu decus omne tuis. postquam te fata tulerunt,

ipsa Pales agros atque ipse reliquit Apollo.   35

grandia saepe quibus mandauimus hordea sulcis,

infelix lolium et steriles nascuntur auenae;

pro molli uiola, pro purpureo narcisso

carduus et spinis surgit paliurus acutis.

spargite humum foliis, inducite fontibus umbras,   40

pastores (mandat fieri sibi talia Daphnis),

et tumulum facite, et tumulo superaddite carmen:

'Daphnis ego in siluis, hinc usque ad sidera notus,

그 날들, 누구도 소 떼들 풀 뜯으라 시원한 강가로

25 몰고 가지 않았네, 다프니스. 어느 네 발 짐승도 강물을

마시지 않았고, 풀잎에 주둥이가 닿는 일도 없었다네.

다프니스, 포에니[52]의 사자조차 그대의 죽음을 탄식했다고

험준한 산맥도 무성한 수풀도 이야기하네.

다프니스가 가르쳤다네, 아르메니아의 호랑이를 수레에

30 매는 법도, 바쿠스의 신도들을 이끄는 법도,

여린 잎사귀로 나긋한 막대를 엮는 법도 다프니스가 가르

쳤다네.[53]

포도나무가 나무들의 자랑이고, 포도송이가 포도나무에게,

황소들이 가축 무리에게, 곡식들이 기름진 건밭에게 그러

하듯,

그대는 그대 사람들에게 온통 자랑이었네. 운명이 그대를

35 데려간 뒤, 팔레스[54]도 아폴로도 이 땅을 떠났네.

알이 찬 보리를 묻은 고랑이었건만, 무시로

쭉정이 독보리며 가냘픈 메귀리 자라났다네.

보드레한 제비꽃 대신에, 영롱한 수선화 대신에,

엉겅퀴와 갯대추나무 뾰족한 가시가 돋치곤 하였네.

40 뿌려라, 땅에 꽃잎을, 드리우라, 샘물에 그늘을.

목동들이여, 다프니스가 자신을 위해 이를 명하였으니.

무덤을 만들라, 그리고 묘비에 노래를 새기라.

'나 숲속의 다프니스, 여기부터 별들까지 알려졌고,

formosi pecoris custos, formosior ipse.'

Menalcas

Tale tuum nobis carmen, diuine poeta,   45

quale sopor fessis in gramine, quale per aestum

dulcis aquae saliente sitim restinguere riuo.

nec calamis solum aequiperas, sed uoce magistrum:

fortunate puer, tu nunc eris alter ab illo.

nos tamen haec quocumque modo tibi nostra uicissim   50

dicemus, Daphninque tuum tollemus ad astra;

Daphnin ad astra feremus: amauit nos quoque Daphnis.

Mopsus

An quicquam nobis tali sit munere maius?

et puer ipse fuit cantari dignus, et ista

iam pridem Stimichon laudauit carmina nobis.   55

Menalcas

Candidus insuetum miratur limen Olympi

sub pedibusque uidet nubes et sidera Daphnis.

ergo alacris siluas et cetera rura uoluptas

아름다운 가축들의 보호자로, 그 자신 더 아름다운 이였노라.'

메날카스

45 신과 같은 시인이여, 나에게 그대의 노래는 마치
피로하여 풀밭 위에 누운 이에게 잠과 같고,
무더위에 샘솟아 갈증을 꺼트리는 달콤한 냇물과 같다네.
그대는 갈대피리뿐 아니라 노래로도 스승[55]에 비견하네.
복받은 목동이여, 이제 그대가 그이의 후계가 될 것이니.

50 그래도 나는 내 나름대로 그대에게 답가를
노래하겠네. 그대의 다프니스를 별들까지 높이겠네,
다프니스를 별들까지 데려가겠네. 나 또한 다프니스의 사
랑이었으니.

몹수스

나에게 그보다 더 커다란 선물이 있겠습니까?
그 목동도 노래로 불리기에 걸맞았으며, 당신의 노래도
55 오래전부터 스티미콘이 나에게 칭송했습니다.

메날카스

빛나는 다프니스, 올륌포스 산의 처음 보는
문턱에 경탄하네, 발밑에 구름과 별들을 보네.
그리하여 숲과 들을, 판과 목동들을,

Panaque pastoresque tenet Dryadasque puellas.

nec lupus insidias pecori, nec retia ceruis 60

ulla dolum meditantur: amat bonus otia Daphnis.

ipsi laetitia uoces ad sidera iactant

intonsi montes; ipsae iam carmina rupes,

ipsa sonant arbusta: 'deus, deus ille, Menalca!'

sis bonus o felixque tuis! en quattuor aras: 65

ecce duas tibi, Daphni, duas altaria Phoebo.

pocula bina nouo spumantia lacte quotannis

craterasque duo statuam tibi pinguis oliui,

et multo in primis hilarans conuiuia Baccho

(ante focum, si frigus erit; si messis, in umbra) 70

uina nouum fundam calathis Ariusia nectar.

cantabunt mihi Damoetas et Lyctius Aegon;

saltantis Satyros imitabitur Alphesiboeus.

haec tibi semper erunt, et cum sollemnia uota

reddemus Nymphis, et cum lustrabimus agros. 75

dum iuga montis aper, fluuios dum piscis amabit,

dumque thymo pascentur apes, dum rore cicadae,

semper honos nomenque tuum laudesque manebunt.

ut Baccho Cererique, tibi sic uota quotannis

드뤼아데스 소녀들[56]을 흔연한 희열이 사로잡네.

60 늑대도 덫처럼 가축을 덮치지 않고, 올가미도 사슴에게
    속임수를 꾀하지 않네. 선한 다프니스, 평온을 사랑하기에.
    메숲진 산은 기쁨에 겨워 스스로 창공 향해
    목소리를 던지네, 바위도 이미 노래하며,
    나무들도 울리네. "신이로다, 그는 신이로다, 메날카스!"

65 그대, 섬기는 이들에게 선히 복을 베풀기를! 보라, 네 개의
        제단을,
    보라, 둘은 그대 다프니스에게, 신단神壇[57] 둘은 포이부스에게.
    해마다 갓 짜낸 젖으로 거품이 오르는 한 쌍의 잔을,
    올리브기름을 꽉 채운 항아리 두 개를 그대 위해 세우리라,
    그리고 무엇보다도 넘쳐흐르는 바쿠스[58]로 향연의 흥 돋우며,

70 겨울이라면 화로 앞에서, 여름이라면 그늘 안에서,
    잔에다 아리우시아[59] 포도주를, 새로운 넥타르[60]를 따르리라.
    다모이타스가, 뤽투스[61]의 아이곤이 나를 위해 노래하리,
    알페시보이우스는 춤추는 사튀루스[62] 흉내 내리.
    이러한 것들이 그대에게 영원하리, 우리가 님파들에게

75 성스러운 맹세를 지킬 때, 우리가 농토를 정화할 때.[63]
    멧돼지가 산마루를, 물고기가 시냇물을 사랑할 동안,
    꿀벌이 백리향을, 매미가 이슬을 먹으며 자라는 동안,
    그대의 이름은 언제까지나 영예와 칭송을 보전하리라,
    바쿠스와 케레스[64]에 그러하듯 해마다 농부들이 그대에게

agricolae facient: damnabis tu quoque uotis.   80

Mopsus

Quae tibi, quae tali reddam pro carmine dona?

nam neque me tantum uenientis sibilus Austri

nec percussa iuuant fluctu tam litora, nec quae

saxosas inter decurrunt flumina uallis.

Menalcas

Hac te nos fragili donabimus ante cicuta;   85

haec nos 'formosum Corydon ardebat Alexin',

haec eadem docuit 'cuium pecus? an Meliboei?'

Mopsus

At tu sume pedum, quod, me cum saepe rogaret,

non tulit Antigenes (et erat tum dignus amari),

formosum paribus nodis atque aere, Menalca.   90

맹세하리라, 그대 그들에게 맹세의 의무를 부여하리라.

몹수스

이 같은 노래의 답례로 그대에게 무슨 선물을 드릴지?

남풍이 불어오는 소리도, 해안가에 철썩이는 파도도,

계곡의 바위틈을 흘러가는 시냇물도,

나를 이 정도로 유쾌하게 만들지는 못합니다.

메날카스

85 내 먼저 그대에게 이 가녀린 풀피리를 주지.

이것이 나에게 "아름다운 알렉시스에게 목동 코뤼돈은 불
타올랐다",

"누구의 가축인가? 멜리보이우스?"를 가르쳤다네.

몹수스

그러면 그대는 지팡이[65]를 받으시지요. 안티게네스가 내게
거듭

청했으나 받지 못한 것입니다, 그때는 사랑받을 만한 이였
으나.

90 마디가 고르고, 청동으로 장식하여 아름답습니다, 메날카스.

89

해설

〈제5목가〉는 〈제3목가〉와 유사하게 두 목동의 대창을 그
린다. 〈제3목가〉에서 다모이타스에게 날선 조롱을 서슴지
않던 메날카스가 이번에는 위엄을 갖춘 연장자로 등장하
여, 젊은 목동 몹수스에게 대창을 제안하는 장면으로 시작
한다. 그러나 희극적인 대화에서 출발하여 노래를 주고받
으며 점차 목가적 통일성을 갖추는 극적 전환이 두드러진
〈제3목가〉와는 달리, 〈제5목가〉는 "뛰어난 우리 두 사람
이 만났으니"라는 첫 시행에서도 알 수 있듯 처음부터 평
온한 조화의 분위기가 지배한다. 전체적인 시각에서 보면,
〈제1목가〉에서 감지된 분열의 기미가 점차 가라앉으면서
〈제3목가〉의 대창과 〈제4목가〉의 예언을 거쳐 비로소 완
연한 목가의 공간에 들어선 듯하다. 이를 상징하듯 몹수스
와 메날카스가 주고받는 노래의 주제는 목가의 전통을 대
표하는 인물 다프니스이며, 그들의 노래는 삼분할 구성의
25행이라는 동일한 형식을 띤다. '목가'의 미학이 가장 완
벽하고 조화롭게 구현된 정점에서 시집의 반환점을 돌게
되는 것이다.

　그러나 앞의 시편들이 그러하듯, 〈제5목가〉 또한 기존의

전통을 답습하는 데에 머무르지 않고 고유한 구성과 표현을 통해서 전통을 변용하고 쇄신한다. 모방의 주요한 소재인 테오크리토스의 〈제1목가〉는 아프로디테에게 분노를 쏟아내면서 죽어가는 다프니스의 모습을 그린다. 반면 베르길리우스는 다프니스의 죽음 이후, 그리고 다프니스가 신에 준하는 존재로서 천상으로 승천한 이후에 주목해 인간과 자연이 하나 되어 그를 기리는 모습을 그려낸다. 여기에는 테오크리토스의 목가가 노래하는 평온하고 소박한 목동들의 세계와는 다소 이질적인, 웅장하고도 숭고한 우주적 조화의 아름다움이 표현되어 있다. 요컨대 〈제5목가〉는 베르길리우스가 테오크리토스로부터 계승한 요소들을 사용하여 새로운 목가를 구축한다는 기획을 가장 여실히 드러내는 시편이다.

심지어 이러한 전통의 계승과 혁신에 관한 메타적 시각 또한 이미 이 시편 자체에 기록되어 있는지도 모른다. 로마 문학에서 희랍 문학의 전통과 유산을 언급하여 자신의 시적 계보를 밝히는 일은 일종의 문학적 관습이었기에(이어지는 〈제6목가〉의 서두 또한 그 사례에 해당한다), 이미 고대 주석가들 또한 〈제5목가〉의 두 목동을 테오크리토스와 베르길리우스의 페르소나로 간주하는 알레고리 해석을 제시했다. 말하자면 '연장자' 메날카스가 테오크리토스, 그리고 '작금에' 지어낸 노래를 시험하려는 젊은 목동 몹수스가 베르길리우스이며, 이들 간 대창의 결과로 이루어지는 선물 교환은 시인이 상상하는 이들의 우정과 시적 친연성을 표현한다는 것이다. 이를 암시하듯 메날카스는 테오크리토스의 영향이 두드러지는 〈제2목가〉와 〈제3목가〉 서두를 언급하면서 몹수스에게 풀피리를 선물한다.

한편, 이 시편에 관해 영향력 있는 알레고리 해석이 또하나 있다. 다프니스의 죽음을 율리우스 카이사르의 죽음으로 읽는 것이다. 기원전 44년 3월 15일, 카이사르는 원로원의 반대파 세력의 음모에 의해 암살당한다. 대중의 인기를 끌던 카이사르의 죽음은 큰 반향을 낳았고, 이는 카이사르의 신격화로 이어졌다. 공교롭게도 카이사르 사후 혜성이 나타나면서, 그의 신적 지위와 그에 대한 종교적 숭배는 공고한 관습이 되었다. 이 관습에는 옥타비아누스가 아우구스투스 황제로 등극한 이후 추진한 정책도 영향을 주었겠지만, 그 정책의 배경에는 이러한 숭배가 있었을 것이다. 이러한 시각에서 볼 때, 다프니스의 죽음과 신격화라는 〈제5목가〉의 주제는 카이사르의 죽음에 대한 베르길리우스의 은밀한 반응일 수 있다.

하지만 이러한 관점 역시 세심한 독해를 요한다. 물론 베르길리우스는 이미 여러 시편에서 당대의 정치적 인물과 사건을 명시적으로(폴리오), 또는 암시적으로(옥타비아누스와 안토니우스) 언급한 바 있다. 또한 베르길리우스가 《목가》를 집필하던 시기, 그리고 《목가》가 실제로 출간되어 유통될 시기에 카이사르의 죽음이라는 사건은 여전히 로마에 커다란 영향을 미치고 있었을 것이다. 따라서 베르길리우스 또한 이 시편에서 독자들이 카이사르를 연상하리라 생각했을 것이라는 추론은 설득력이 있다. 그러나 베르길리우스가 단순히 알레고리로서 목가라는 겉모습 아래에 정치적 찬가라는 속내를 감추어 놓았다는 해석은 거칠고 진부하다. 그보다는 정치와 예술이 분리되지 않는 지점, 찬가와 목가가 구별되지 않는 지점, 그리하여 신화와 역사가 통합되는 정점에 이르는 것이 베르길리우스의 목표였다고 말할 수 있지 않을까? 그곳에서 하나는 여럿의 전형이 되고, 역사는 영원의 이미지가 되며, 고유명사는 일반명사로 변모한다. '카이사르'라는 이름이 결국 '황제'를 가리키게 된 것처럼.

Ecloga VI

Prima Syracosio dignata est ludere uersu

nostra nec erubuit siluas habitare Thalea.

cum canerem reges et proelia, Cynthius aurem

uellit et admonuit: 'pastorem, Tityre, pinguis

pascere oportet ouis, deductum dicere carmen.'   5

nunc ego (namque super tibi erunt qui dicere laudes,

Vare, tuas cupiant et tristia condere bella)

agrestem tenui meditabor harundine Musam:

non iniussa cano. si quis tamen haec quoque, si quis

captus amore leget, te nostrae, Vare, myricae,   10

te nemus omne canet; nec Phoebo gratior ulla est

quam sibi quae Vari praescripsit pagina nomen.

Pergite, Pierides. Chromis et Mnasyllos in antro

Silenum pueri somno uidere iacentem,

제6목가

처음으로 나의 여신 탈레아[66]가 쉬라쿠사이 노래[67] 놀기에
좋다 하시며, 숲속에서 살기에도 스스럼이 없으셨네.
제왕과 전장[68]을 노래하려 했을 때, 퀸투스의 신[69]은 나의
    귀를
잡아당기며 충고하셨네. "목동이란, 티튀루스, 양이라면
    먹이고
5 살찌워야 마땅하나, 노래라면 가녀리게 불러야 하느니."
이제 나는 가냘픈 갈대피리로 시골의 무사를 짓노라,
바루스,[70] 그대의 업적을 기리고 슬픈 전쟁을
노래하고 싶어하는 이들은 차고 넘칠지니.
명하지 않은 것 노래 않으리. 허나 누군가, 누군가 사랑에
    사로잡혀
10 이 노래도 읽는다면, 바루스, 그대를 나의 버드나무가,
그대를 온 숲이 노래하리라. 바루스의 이름을 앞에 적은
서면書面[71]보다 포이부스를 기쁘게 하는 것은 없으니.
이어 가소서, 피에리아[72]의 여신들이여. 목동 크로미스와
    므나쉴로스는,
동굴 속의 실레누스[73]를 보았다네, 잠에 빠져 누워 있었다네.

inflatum hesterno uenas, ut semper, Iaccho;   15

serta procul tantum capiti delapsa iacebant

et grauis attrita pendebat cantharus ansa.

adgressi (nam saepe senex spe carminis ambo

luserat) iniciunt ipsis ex uincula sertis.

addit se sociam timidisque superuenit Aegle,   20

Aegle Naiadum pulcherrima, iamque uidenti

sanguineis frontem moris et tempora pingit.

ille dolum ridens 'quo uincula nectitis?' inquit;

'soluite me, pueri; satis est potuisse uideri.

carmina quae uultis cognoscite; carmina uobis,   25

huic aliud mercedis erit.' simul incipit ipse.

tum uero in numerum Faunosque ferasque uideres

ludere, tum rigidas motare cacumina quercus;

nec tantum Phoebo gaudet Parnasia rupes,

nec tantum Rhodope miratur et Ismarus Orphea.   30

Namque canebat uti magnum per inane coacta

semina terrarumque animaeque marisque fuissent

15 　여느 때처럼 어제 마신 이아쿠스[74]로 핏줄이 부풀어 있었네.

　머리에서 방금 흘러내린 화관 바닥에 떨어져 널브러진 채,

　묵직한 술동이 닳고 닳은 손잡이는 손끝에 걸쳐져 있었네.

　두 사람 다가가서 그 화관을 사슬 삼아 그를 묶었다네,

　늙은이 걸핏하면 두 사람에 노래를 들려주겠노라 희롱했기에.

20 　겁먹은 두 사람 앞에 아이글레[75]가 나타나 힘을 더하였네.

　나이아데스[76] 가운데 가장 아름다운 아이글레, 이미 눈 뜬

　실레누스의 이마와 관자놀이에 핏빛 오디를 칠하네.[77]

　그는 덫을 보고 웃으면서 말했다네, "무엇하러 사슬을 엮느냐?

　나를 풀어주려무나, 아이들아, 너희의 힘은 충분히 보았으니.

25 　이제 너희 원하는 노래를 들으며 배우거라, 너희에게는 노
　　래를,

　이 요정에게는 다른 상[78]을 내릴 테니." 그리고 노래를 시작
　　하였네.

　그대 보았으리, 그때 파우누스[79]들 짐승들과 함께 박자 맞
　　추어

　춤추는 것을, 그때 꼿꼿한 떡갈나무 우듬지 움직이는 것을.

　파르나수스[80] 암벽도 그만큼 포이부스에 기뻐하지 아니하며,

30 　로도페와 이스마루스[81]도 그처럼 오르페우스에 탄복하지
　　아니하네.

　실레누스 노래하였기에, 어떻게 커다란 허공[82]에

　대지와 바람과 바다와 해맑은 불꽃의 씨앗이 한데

et liquidi simul ignis; ut his ex omnia primis,

omnia et ipse tener mundi concreuerit orbis;

tum durare solum et discludere Nerea ponto   35

coeperit et rerum paulatim sumere formas;

iamque nouum terrae stupeant lucescere solem

altius atque cadant summotis nubibus imbres,

incipiant siluae cum primum surgere cumque

rara per ignaros errent animalia montis.   40

hinc lapides Pyrrhae iactos, Saturnia regna,

Caucasiasque refert uolucris furtumque Promethei.

his adiungit, Hylan nautae quo fonte relictum

clamassent, ut litus 'Hyla, Hyla' omne sonaret;

et fortunatam, si numquam armenta fuissent,   45

Pasiphaen niuei solatur amore iuuenci.

a, uirgo infelix, quae te dementia cepit!

Proetides implerunt falsis mugitibus agros,

at non tam turpis pecudum tamen ulla secuta

concubitus, quamuis collo timuisset aratrum   50

et saepe in leui quaesisset cornua fronte.

a! uirgo infelix, tu nunc in montibus erras:

ille latus niueum molli fultus hyacintho

모여 있었는가, 어떻게 이러한 시초들로부터 만물이,
만물과 세계의 부드러운 친구가 굳어지게 되었던가.

35 그때 흙이 단단해지면서 네레우스[83]를 바다에 가두고
점차 사물의 형상들이 갖추어지기 시작했다 하네,
이윽고 처음으로 태양이 비치어 대지는 아연하고,
하늘 높이 모여든 구름에서 빗물이 쏟아지니,
이내 숲이 처음으로 솟아오르기 시작해 드문드문

40 짐승들이 길 모르는 산속을 헤매었다 하네.
이어서 퓌라가 던진 돌을,[84] 사투르누스의 통치[85]를,
카우카수스의 새와 프로메테우스의 도둑질[86]을 이야기하네.
이에 덧붙이니, 휠라스[87]는 어느 샘에 남겨져 선원들이 그를
소리쳐 부르고, 온 해안이 '휠라스, 휠라스' 되울렸던가.

45 그리고 소가 없었더라면 행복한 여인이었을
파시파에[88]를, 눈처럼 새하얀 송아지와의 사랑을 위로하네.
아아, 불행한 여인아, 무슨 광기가 그대를 사로잡았던가!
프로이토스의 딸들[89]은 꾸며낸 소 울음소리로 들판을 채웠
    으나
그들이라 해서 그토록 추하게 짐승과의 잠자리를

50 찾지는 않았네, 비록 목에 멍에가 걸릴까 두려워하고
매끈한 이마에서 뿔을 찾는 일 허다하였으나.
아아, 불행한 여인아, 그대는 이제 산속을 떠도네,
송아지는 나긋한 휘아킨투스 위에 하이얀 옆구리 누인 채

ilice sub nigra pallentis ruminat herbas

aut aliquam in magno sequitur grege. 'claudite, Nymphae,   55

Dictaeae Nymphae, nemorum iam claudite saltus,

si qua forte ferant oculis sese obuia nostris

errabunda bouis uestigia; forsitan illum

aut herba captum uiridi aut armenta secutum

perducant aliquae stabula ad Gortynia uaccae.'   60

tum canit Hesperidum miratam mala puellam;

tum Phaethontiadas musco circumdat amarae

corticis atque solo proceras erigit alnos.

tum canit, errantem Permessi ad flumina Gallum

Aonas in montis ut duxerit una sororum,   65

utque uiro Phoebi chorus adsurrexerit omnis;

ut Linus haec illi diuino carmine pastor

floribus atque apio crinis ornatus amaro

dixerit: 'hos tibi dant calamos (en accipe) Musae,

Ascraeo quos ante seni, quibus ille solebat   70

cantando rigidas deducere montibus ornos.

가무레한 떡갈나무 아래 연푸른 푸새를 새기고 있는데,

55 아니면 큰 무리 속 어느 암컷을 쫓는데. "닫거라, 뇜파들아,

딕테산[90]의 뇜파들아, 이제 숲속의 오솔길을 닫거라.

길 헤매는 송아지의 발자국이 행여 나의 눈에

뜨일지 모르니. 아마도 새파란 생풀에 홀려 있거나

소 떼를 쫓아가던 그를, 어떤 소들이

60 고르튄[91]의 외양간으로 데려가겠지."[92]

이어서 헤스페루스의 딸들[93]이 돌보는 사과에 매료된 한
    소녀[94]

노래하고, 이어서 파에톤의 자매들[95]을 쓰디쓴 나무껍질

이끼로 감싸고 높다란 오리나무로 바꾸어 땅 위에 세우네.[96]

이어서 노래하네, 어떻게 페르메수스[97] 강가를 떠도는 갈루
    스[98]를

65 자매들[99] 가운데 하나가 아오니아[100]의 산으로 이끌었던가,

어떻게 포이부스의 가무단 전체가 그 자를 위해서 일어났
    던가,

어떻게 신과 같이 노래하는 목동 리누스[101]가 꽃이며

쓸쓸한 양미나리로 머리칼을 꾸미고서 그에게 이렇게

말하였던가. "무사 여신들께서 그대에게 이 갈대피리 주시니

70 그대는 받거라, 이전에 아스크라의 노인[102]에게 주었던 것
    이라,

그가 노래하면 빳빳하던 마가목이 산기슭에서 내려오곤

101

his tibi Grynei nemoris dicatur origo,

ne quis sit lucus quo se plus iactet Apollo.'

Quid loquar aut Scyllam Nisi, quam fama secuta est

candida succinctam latrantibus inguina monstris   75

Dulichias uexasse rates et gurgite in alto

a! timidos nautas canibus lacerasse marinis;

aut ut mutatos Terei narrauerit artus,

quas illi Philomela dapes, quae dona pararit,

quo cursu deserta petiuerit et quibus ante   80

infelix sua tecta super uolitauerit alis?

omnia, quae Phoebo quondam meditante beatus

audiit Eurotas iussitque ediscere laurus,

ille canit, pulsae referunt ad sidera ualles;

cogere donec ouis stabulis numerumque referre   85

iussit et inuito processit Vesper Olympo.

했다.

이것으로 그대는 그뤼니움[103] 숲의 기원을 이야기하라,

아폴로가 어떠한 성림聖林도 그보다 자랑하는 일이 없도록."

무엇을 더 말하리, 니수스의 딸 스퀼라[104]인가, 전승이 쫓
는 바,

75 하이얀 허벅지를 울부짖는 괴물들로 감싸고서

둘리키움[105]의 뗏목을 뒤흔들었으며, 깊은 소용돌이 속에서,

아아, 바다의 개들로 겁 많은 수부들을 갈기갈기 찢었다
하네.

아니면 테레우스의 변신을 어떻게 이야기했던가,

필로멜라가 그에게 어떤 향연을 베풀고 어떤 선물을 준비
했던가,

80 어느 길을 따라 황야로 향했던가, 본디 자신의 것이었던

집 위로 날아오른 불행한 처지의 날개는 어떠했던가.[106]

이 모두를 언젠가 포이부스가 노래했으며, 복받은

에우로타스[107]가 듣고서 월계수에 배우라 명하였네.

실레누스 노래하니, 골짜기 메아리치며 하늘까지 전하네.

85 마침내 갈데없이 올림푸스 다다른 저녁별,

양 떼를 모으고 숫자를 세라 명하네.

103

해설

〈제6목가〉는 라틴 문학의 전형적인 테마인 '거부recusatio'
로 서두를 연다. 헬레니즘 시대 알렉산드리아 문학을 대
표하는 시인 칼리마코스Callimachus는 대표작《기원담Aitia》
에서 자신이 호메로스류의 영웅 서사시를 쓰지 않는 이유
를 다음과 같이 밝힌다. "내가 처음으로 무릎에 서판을 올
려놓았을 때, 뤼코스의 아폴론은 내게 말씀하셨다. […]
가인歌人이여, 제물은 가능한 한 살찌워야 하나, 훌륭한 이
여, 노래는 가녀리게 해야만 하느니." 이처럼 칼리마코스
는 호메로스 서사시와 같이 장중한 테마를 다루는 장시長
詩 형식을 거부하고, 명료한 서사 대신 짧은 분량 속에 간
결한 묘사와 풍부한 암시를 담아내는 단시短詩 형식을 옹호
했다. 칼리마코스의 새로운 미학은 당대 희랍 문학뿐 아니
라 후대의 로마 문학에도 강력한 영향력을 행사하여, 전통
적인 서사시 형식을 따르는 시인들에 대항해 '신시파新詩波,
neôteroi'라 불린 일군의 시인들이 칼리마코스를 따라 짧은
시를 지었다. 이는 로마 문학의 고유한 장르인 연가의 형
성에 커다란 영향을 주었다. 티불루스Tibullus, 프로페르티
우스Propertius, 오비디우스Ovidius와 같은 연가 시인들은 각

기 자신의 스타일로 '거부'를 표명하게 될 것이니, 그에 앞서 베르길리우스 또한 이러한 '거부'에 특유의 목가적 색채를 가미해 또 하나의 서시序詩로써 시집의 후반부를 시작한다.

따라서 일견 혼란스럽기도 하고 자못 신기하기도 한 〈제6목가〉의 복잡하고 독특한 구성은 예의 칼리마코스적 전통과 목가의 전통을 결합하려는 시인의 파격적인 시도로 볼 수 있다. 서두에 이어서 우리는 무사 여신에게 노래를 청하는 전통적인 '청원invocatio'을 만나고, 이어서 술에 취해 잠에 빠진 실레누스를 결박하여 그의 지혜가 담긴 노래를 들으려는 두 목동과 한 뉨파의 이야기를 듣게 된다. 그리고 실레누스는 세계의 형성에 관한 우주론에서 출발해 인류의 탄생과 문명의 발전을 거쳐 휠라스, 파시파에, 아탈란타, 필로멜라 등 신화적 인물에 관한 삽화가 엮인 노래를 들려준다. 동시대의 시인이자 정치가 갈루스를 마치 신화 속의 가인처럼 삽입하는 것도 독특하다. 마지막으로 시인은 노래의 내력을 설명한 뒤 저녁 풍경으로 시편을 맺는다.

이처럼 특이한 구성을 이해하려면 앞서 언급한 칼리마코스적 전통에 더해서, 라틴 문학의 특수한 문학적 환경을 염두에 두어야 한다. 라틴 문학은 희랍 문학의 지대한 영향 하에 발전했는데, 특히 이미 완성된 문학의 형태로 로마에 전달된 신화적 전승이 문학적 소재의 원천으로 자리잡았다. 따라서 라틴 작가들은 새로운 이야기를 짓기보다는 이미 주어진 이야기의 씨실과 날실을 풀었다가 다시 짜맞추어 다양한 구조와 형태를 부여하는 방식으로 문학을 창작했다. 기존의 텍스트에 관한 독해와 비평이 창작과 직결되어 있었던 것이다.

그렇다면 〈제6목가〉의 신화들 사이에는 어떤 연결 고리가 감추어져 있을까? 하나의 정답은 없지만, 일단 '방황'의 모티프가 눈에 띈다. 이를테면 가장 상세하게 서술되는 파시파에의 신화는 산속을 떠도는 파시파에의 모습을 선명히 각인시킨다. 선원들이 휠라스의 이름을 외치며 그를 찾아다니는 광경에도, 동물들이 갓 생겨난 숲속을 헤매는 광경에도, 필로멜라가 황야를 향하는 장면에도 방황의 모티프가 암시된다. 황금 사과에 홀려 경주로를 벗어나는 아탈란타의 이야기도, 태양 마차가 가야 할 경로를 이탈하여 결국 죽음을 맞이하는 파에톤의 이야기도 방황의 모티프와 간접적인 연관을 맺는다. 그리고 우리는 이 신화 속 인물들과 함께 문학적 기획을 두고 방황하는 갈루스와 서사시의 영역에 들어가려다 아폴론에게 귀를 잡아당겨져 목가를 선택하는 티튀루스, 곧 베르길리우스를 목격한다.

이런 '방황'의 모티프는 거꾸로 '결박'의 모티프를 불러온다. 실레누스가 들려주는 이야기는 두 목동이 그를 결박하는 데서 시작한다. 신은 불멸의 존재이기에, 희랍 신화에서는 죽음이 아니라 결박을 통해서 신의 능력을 박탈한다. 그뿐만 아니라 오래전부터 결박, 즉 무언가를 묶는 것, 사로잡는 것, 움직이지 못하게 만드는 것은 진리를 파악하고 지혜를 소유하는 활동의 은유로 쓰였다. 특히 늙은이로 나타나는 실레누스는 고대의 지혜와 신비를 상징하는 신격이기도 하다. 이 점에서 목가시의 전통 곁에 '기원'을 설명하는 칼리마코스의 전통을 두고, 다시 그 곁에 헤시오도스의 전통을 교훈시, 즉 우주론적, 철학적 진리 설파를 목적으로 삼는 시적 전통의 시초로 놓는 〈제6목가〉는 방황과 결박이라는 상반된 모티프의 긴장을 그려내는 듯 보인다. 그 속에서 자연과의 음악적 조화라는 목가적 모티프는 일관된 배음을 이루며 다른 시편과의 통일성을 부여한다.

〈제3목가〉를 끝맺던 수수께끼처럼, 시인은 정답을 가르쳐주지 않은 채 저녁 그늘 뒤로 모습을 감춘다. 유독 많은 주석이 필요한 시편이지만, 너무 많은 안내판은 오히려 길을 가는 데 방해가 될지도 모른다. 눈앞에 장면을 하나씩 그려보면서, 어떤 모티프가 영화의 몽타주처럼 각각의 장면을 연결하는지 찾아보면서 읽기를 권한다. 그러면 반복되고 변주되는 시어와 장면들 속에서 저마다 독특한 형태와 색채를 가진 무언가가, 계속해서 흐르고 변하면서도 통일성을 가진 무언가가 떠오를지 모른다. 우리는 산란하는 그림자에 넋을 잃은 채, 한없이 그 주변을 떠돌 것이다.

Ecolga VII

Meliboeus

Forte sub arguta consederat ilice Daphnis,

compulerantque greges Corydon et Thyrsis in unum,

Thyrsis ouis, Corydon distentas lacte capellas,

ambo florentes aetatibus, Arcades ambo,

et cantare pares et respondere parati.   5

huc mihi, dum teneras defendo a frigore myrtos,

uir gregis ipse caper deerrauerat: atque ego Daphnin

aspicio. ille ubi me contra uidet, 'ocius' inquit

'huc ades, o Meliboee; caper tibi saluus et haedi;

et, si quid cessare potes, requiesce sub umbra.   10

huc ipsi potum uenient per prata iuuenci,

hic uiridis tenera praetexit harundine ripas

Mincius, eque sacra resonant examina quercu.'

quid facerem? neque ego Alcippen nec Phyllida habebam

depulsos a lacte domi quae clauderet agnos,   15

제7목가

멜리보이우스

사락대는 떡갈나무 아래 때마침 다프니스 앉아 있었는데,

코뤼돈과 튀르시스 한 곳으로 가축 무리 몰았다네.

튀르시스는 양 떼를, 코뤼돈은 젖이 부푼 염소들을.

두 사람 청춘으로 꽃피었고, 두 사람 아르카디아[108] 사람으로,

5   노래 실력도 대등하였으며 응할 준비도 되어 있었다네.

여린 도금양 추위 타지 않도록 짚 두르고 있자니,

무리에서 내 숫염소 멋대로 길 벗어나 그리 갔다네. 내가

      다프니스

바라보니, 그도 나를 마주 보며 말하네. "얼른

이리 오게, 멜리보이우스. 그대의 염소와 새끼들은 무사하네.

10   그러니 잠시 멈출 수 있거든, 그늘 아래에서 쉬게나.

송아지들도 물 마시러 풀밭 거쳐 스스로 여기 올 테니.

이곳 민키우스강[109]은 자늑한 갈대로 푸른 강둑 덮여 있고,

신성한 참나무에서 꿀벌 떼 붕붕대며 날아다니니."[110]

무엇을 해야 했겠는가? 내게는 알키페스도 퓔리스도 없었

      다네.

15   젖 뗀 새끼양들 집에서 가두어둘 여자라곤 없었다네.

et certamen erat, Corydon cum Thyrside, magnum;

posthabui tamen illorum mea seria ludo.

alternis igitur contendere uersibus ambo

coepere, alternos Musae meminisse uolebant.

hos Corydon, illos referebat in ordine Thyrsis.   20

Corydon

Nymphae, noster amor, Libethrides, aut mihi carmen,

quale meo Codro, concedite (proxima Phoebi

uersibus ille facit) aut, si non possumus omnes,

hic arguta sacra pendebit fistula pinu.

Thyrsis

Pastores, hedera crescentem ornate poetam,   25

Arcades, inuidia rumpantur ut ilia Codro;

aut, si ultra placitum laudarit, baccare frontem

cingite, ne uati noceat mala lingua futuro.'

Corydon

Saetosi caput hoc apri tibi, Delia, paruus

게다가 코뤼돈과 튀르시스의 싸움이란 대단한 것이었네.

나는 그들의 놀이를 위하여 내 진지한 일들을 미루었네.

그리하여 두 사람 번갈아 노래를 겨루기 시작했네,

무사 여신들은 번갈아 노래를 기억하길 바라셨네.

20 먼저 코뤼돈, 그다음 튀르시스 순서대로 불렀다네.

코뤼돈

나의 사랑 리베트라[111] 뉨파들이여, 나의 코드루스에게 하
   시듯

나에게 노래를 허락하소서, 그는 포이부스에 버금가는

노래를 짓지요. 허나 우리 둘 다 그럴 수 있는 것이 아니라면,

여기 성스러운 소나무에 사락대는 풀피리 매달리겠지요.[112]

튀르시스

25 목동들아, 태어나는 시인을 담쟁이로 장식하라.

아르카디아 목동들아, 코드루스 옆구리가 시샘으로 터지
   도록.

그러나 그의 칭찬이 도가 지나치거든, 이마에 바카르를

둘러라, 몹쓸 혀가 미래의 가인[113]을 해치는 일 없도록.

코뤼돈

델로스의 여신[114]이시여, 자그만 미콘[115]이 여기 털북숭이

111

et ramosa Micon uiuacis cornua cerui.   30

si proprium hoc fuerit, leui de marmore tota

puniceo stabis suras euincta coturno.

Thyrsis

Sinum lactis et haec te liba, Priape, quotannis

exspectare sat est: custos es pauperis horti.

nunc te marmoreum pro tempore fecimus; at tu,   35

si fetura gregem suppleuerit, aureus esto.

Corydon

Nerine Galatea, thymo mihi dulcior Hyblae,

candidior cycnis, hedera formosior alba,

cum primum pasti repetent praesepia tauri,

si qua tui Corydonis habet te cura, uenito.   40

산돼지의

30 머리와 오래 산 사슴의 가지 많은 뿔을 그대에게 바치옵니다.

이 행운이 계속되도록 해주신다면, 매끄러운 대리석으로
　　그대의 온몸을

조각하고 정강이에 자줏빛 장화를 신겨 세우겠습니다.

튀르시스

프리아푸스[116]여, 한 사발의 젖과 이 과자면 해마다 기다리
　　시기에

충분하겠지요. 당신이 지키시는 것은 조촐한 정원이니까요.

35 지금은 형편에 맞추어 당신의 대리석 조각상을 만들었습니
　　다. 하지만

새끼가 무리를 채우거든, 그대의 황금상이 세워질 것이옵
　　니다.

코뤼돈

네레우스의 딸 갈라테아,[117] 내게 휘블라[118]의 백리향보다 달
　　콤하고

백조보다 더 빛나며 하이얀 담쟁이보다 더 어여쁜 이여,

풀 먹은 황소들이 외양간으로 돌아가자마자

40 오시기를, 그대의 코뤼돈이 마음에 쓰이거든.

Thyrsis

Immo ego Sardoniis uidear tibi amarior herbis,

horridior rusco, proiecta uilior alga,

si mihi non haec lux toto iam longior anno est.

ite domum pasti, si quis pudor, ite iuuenci.

Corydon

Muscosi fontes et somno mollior herba,   45

et quae uos rara uiridis tegit arbutus umbra,

solstitium pecori defendite: iam uenit aestas

torrida, iam lento turgent in palmite gemmae.

Thyrsis

Hic focus et taedae pingues, hic plurimus ignis

semper, et adsidua postes fuligine nigri.   50

hic tantum Boreae curamus frigora quantum

aut numerum lupus aut torrentia flumina ripas.

튀르시스

아니지, 나는 그대에게 사르디니아[119] 들풀보다 쓱쓱하고,

일엽주꽃보다 거칠며, 내팽개친 해초보다 볼품없는 것이
겠지,

만일 나에게 이 낮이 벌써 한 해보다 길어진 게 아니라면.[120]

풀 먹은 송아지들아, 집으로 가라, 염치가 있거든 가라.

코뤼돈

45 이끼 앉은 샘이여, 잠보다 부드러운 풀이여,

드문드문 그늘로 너희들 덮어주는 푸르른 딸기나무여,

가축을 더위에서 지켜주거라. 뜨거운 여름은 이미 오고

있으니, 산드러진 포도 넝쿨 속에 움은 이미 트고 있으니.

튀르시스

여기 화로와 송진 가득한 햇불이, 여기 언제나 활활 타오
르는

50 불꽃이, 그리고 검은 그을음 끊이지 않는 문설주가 있네.

여기서 우리는 북풍의 추위 따위 걱정하지 않는다네, 늑대가

숫자[121]를 걱정하지 않듯, 넘치는 물살이 강둑을 걱정하지
않듯.

Corydon

Stant et iuniperi et castaneae hirsutae,

strata iacent passim sua quaeque sub arbore poma,

omnia nunc rident: at si formosus Alexis   55

montibus his abeat, uideas et flumina sicca.

Thyrsis

Aret ager, uitio moriens sitit aëris herba,

Liber pampineas inuidit collibus umbras:

Phyllidis aduentu nostrae nemus omne uirebit,

Iuppiter et laeto descendet plurimus imbri.   60

Corydon

Populus Alcidae gratissima, uitis Iaccho,

formosae myrtus Veneri, sua laurea Phoebo;

Phyllis amat corylos: illas dum Phyllis amabit,

nec myrtus uincet corylos, nec laurea Phoebi.

코뤼돈

노간주나무도, 가시 많은 송이 달린 밤나무도 서 있다네,

나무 아래 길에는 여기저기 갖가지 열매들 떨어져 있네,

55 모두가 지금은 웃고 있네. 그러나 만일 아름다운 알렉시스

이 산을 떠나면, 그대는 강물조차 말라버리는 것을 보게

되겠지.

튀르시스

땅이 가무네, 나쁜 공기 탓에 풀도 말라 죽어가네.

리베르[122]는 언덕에 포도 넝쿨 그늘 주길 아까워하네,

나의 퓔리스가 도착하면 온 숲이 푸르를 것이네,

60 유피테르도 기쁜 비가 되어 흠뻑 쏟아질 것이네.

코뤼돈

더없이 우아한 백양나무는 알케우스의 손자[123]에게, 포도

나무는 이아코스에게,

도금양은 아름다운 베누스에게, 월계수는 본디 포이부스

에게.

퓔리스는 개암나무 사랑하네, 퓔리스가 개암나무 사랑할

동안,

도금양도 포이부스의 월계수도 개암나무 이기지 못하리니.

Thyrsis

Fraxinus in siluis pulcherrima, pinus in hortis,   65

populus in fluuiis, abies in montibus altis:

saepius at si me, Lycida formose, reuisas,

fraxinus in siluis cedat tibi, pinus in hortis.

Meliboeus

Haec memini, et uictum frustra contendere Thyrsin.

ex illo Corydon Corydon est tempore nobis.   70

튀르시스

65 더없이 어여쁜 물푸레나무는 숲속에, 소나무는 정원에,

백양나무는 강변에, 전나무는 높은 산속에.

그러나 아름다운 뤼키다스, 그대가 나를 더 자주 찾아온다면,

숲속의 물푸레나무도, 정원의 소나무도 그대에게는 지게

되리.

멜리보이우스

이렇게 기억하네, 그리고 튀르시스는 헛되이 싸워 패자가

되었네.

70 그때부터 코뤼돈은 우리의 코뤼돈이 되었던 것이네.

해설

〈제7목가〉는《목가》의 시편 가운데 유일하게 등장인물의
회상으로 이루어져 있다. 〈제7목가〉와 짝패를 이루는 〈제
3목가〉는 다모이타스에게 공격적으로 말을 거는 메날카스
의 대사를 통해 우리를 곧바로 대창의 현장으로 소환하지
만, 〈제7목가〉에서 우리는 멜리보이우스의 회상을 통해 그
의 기억 속에 있는 노랫말을 듣는다. 마치 무사 여신들이
두 사람을 통해 옛 노래를 기억하듯(19행) 멜리보이우스
는 다시 두 사람의 노래를 기억한다. 마치 시냇물이 떠내
려오듯, 숲속으로 메아리가 퍼져나가듯, 여러 사람의 몸과
목소리를 통해 노래가 전해져 온다. 〈제7목가〉는 회상이라
는 장치를 통해 노래의 전승이라는 오래된 주제를 우리에
게 상기시킨다.

　〈제7목가〉의 서두에서 또 하나 주목할 점은 코뤼돈과
튀르시스의 대창이 우연에 의해 성립한다는 점이다. '때
마침' 목동들의 권위자인 다프니스가 앉아 있고, 그곳으로
코뤼돈과 튀르시스가 무리를 이끈다. 멜리보이우스 또한
숫염소가 제 길을 벗어나지 않았다면 그들을 만나지 못했
을 것이다. 노골적인 불화와 언쟁에서 출발한 〈제3목가〉의

대창과는 달리 〈제7목가〉의 대창은 우연이 선사하는 경쾌한 분위기 속에서 이루어지며, 두 사람의 연령과 노래 실력 또한 대등하여 조화로운 배경을 마련한다. 〈제1목가〉에서 비통한 그늘을 드리우던 멜리보이우스는 자신의 '진지한' 일을 미루고 그들의 '놀이'를 감상한다. 노동과 방황의 긴장이 풀어지고, 해방과 유희의 분위기가 찾아온다. 〈제7목가〉는 〈제6목가〉의 어지러운 현학에서 벗어나 잠시 휴식을 취하기 위해 시인이 마련한 소박한 쉼터일지 모른다.

그래서인지 멜리보이우스가 전하는 두 목동의 노래는 기존의 목가 전통은 물론 서정시의 전형적 테마를 따른다. 이를테면 첫 번째 연구聯句는 시작에 알맞게 시적 권위를 향한 청원을 다루고, 두 번째 연구는 종교 제의에서 사용하는 단시短詩, epigram의 주제를 취한다. 이어서 세 번째 연구는 연인을 향한 감정을, 네 번째 연구는 계절의 대비를 다루고, 다섯 번째 연구에서 사랑과 계절의 주제를 혼합한 뒤, 마지막 연구에서는 사랑의 주제를 반복한다. 그리고 당연히 모든 시구에서 자연의 목가적 풍경이라는 익숙한 모티프가 변주된다. 세르비우스가 이 목가를 두고 '거의 전부 테오크리토스에 속한다'라고 평한 것은 이처럼 소박하고 친숙한 분위기 때문일지 모른다.

그러나 〈제7목가〉 또한 여러 지점에 베르길리우스의 고유한 인장이 감추어져 있다. 특히 〈제2목가〉에서 알렉시스를 향해 '헛되이' 노래를 쏟아낸 '코뤼돈'이 다시 등장하는 점에 주목할 필요가 있다. 물론《목가》의 시편들은 선형적인 연대기적 순서를 따른다고 볼 수 없고, 등장인물들도 명백한 자기동일성을 지니지 않는다. 그들의 관계는 저자가 의도한 시편들의 배치, 그리고 독자가 지닌 시적 기억 속에서 다양하게 형성될 수 있다. 하지만 여기서 베르길리우스는 분명히 '코뤼돈'이라는 이름을 통해서 독자가 〈제2목가〉의 주인공을 떠올리기를 바란 것 같다. 코뤼돈이 〈제2목가〉의 원안인 테오크리토스의 〈제11목가〉에서 폴뤼페모스의 구애를 받은 갈라테아를 향해 구애의 노래를 부를 뿐 아니라, 〈제2목가〉에서 코뤼돈을 고통에 빠뜨린 소년 알렉시스의 이름이 언급되기 때문이다. 이러한 자기인용이《목가》의 시편들 안팎으로 형성하는 복잡한 상호텍스트성은 수수께끼를 즐기는 시인이 던진 또 하나의 문제로 보인다.

하지만 이 시편이 제시하는 가장 큰 수수께끼는, 나이도 실력도 대등한 두 인물의 대결이 〈제3목가〉와는 달리 코뤼돈의 승리로 결론을 맺는다는 점이다. 연구자들은 어떤 이유에서 코뤼돈이 승리를 거두었는지 다양한 해석을 제시했지만, 튀르시스의 시구에 분명한 결점이 있다면 그것은 결과적으로 이 시편의 결점으로 남게 될 것이다. 따라서 코뤼돈의 승리와 튀르시스의 패배는 시적 기교와 주제의

우열에 기인한다기보다, 베르길리우스가 테오크리토스로 대변되는 목가 전통에 대한 대결 의식을 분명하게 표명하고 자신의 작업을 자평하기 위한 극적 장치일지도 모른다. 베르길리우스는 테오크리토스의 쉼터에서 비로소 우리의 베르길리우스가 된 것이다.

Ecloga VIII

Pastorum Musam Damonis et Alphesiboei,

immemor herbarum quos est mirata iuuenca

certantis, quorum stupefactae carmine lynces,

et mutata suos requierunt flumina cursus,

Damonis Musam dicemus et Alphesiboei.   5

tu mihi, seu magni superas iam saxa Timaui

siue oram Illyrici legis aequoris, — en erit umquam

ille dies, mihi cum liceat tua dicere facta?

en erit ut liceat totum mihi ferre per orbem

sola Sophocleo tua carmina digna coturno?   10

a te principium, tibi desinam: accipe iussis

carmina coepta tuis, atque hanc sine tempora circum

inter uictricis hederam tibi serpere lauros.

Frigida uix caelo noctis decesserat umbra,

cum ros in tenera pecori gratissimus herba: 15

incumbens tereti Damon sic coepit oliuae.

제8목가

목동 다몬과 알페시보이우스[124]의 무사를 노래하려네,
송아지도 그들의 경연에 경탄한 나머지 풀 뜯기를
잊었고, 스라소니도 그들의 노래에 어안이 벙벙해졌으며
강물은 본래의 흐름을 바꾸어 머물렀다네.

5 우리는 다몬과 알페시보이우스의 무사를 노래하려네.
나의 그대,[125] 드넓은 티마부스강의 바윗돌[126]을 벌써 넘고
    있을지,
일뤼리쿰[127] 바다의 해안을 따라서 항해하고 있을지, 아아,
    언젠가
그 날이 올 것인가, 내가 그대의 업적[128]을 노래하는 날이?
아아, 올 것인가, 내가 온 세상에 전하게 될 날이,

10 유일하게 소포클레스[129]의 장화에 걸맞는 그대의 노래를?
그대에서 시작하여 그대에서 마치리라, 그대의 명령에
따라서 시작한 노래를 들으시길, 그리고 이 담쟁이가 승리의
월계관에 섞여 그대의 관자놀이 타고 오르도록 허하시길.
싸늘한 밤 그늘 이제 막 하늘을 떠나니,

15 가축에게 더없이 반가운 이슬, 어린 이파리에 맺히네,
다몬은 반드러운 올리브나무에 기대어 이렇게 시작하였네.

125

Damon

Nascere praeque diem ueniens age, Lucifer, almum,

coniugis indigno Nysae deceptus amore

dum queror et diuos, quamquam nil testibus illis

profeci, extrema moriens tamen adloquor hora. 20

incipe Maenalios mecum, mea tibia, uersus.

Maenalus argutumque nemus pinusque loquentis

semper habet, semper pastorum ille audit amores

Panaque, qui primus calamos non passus inertis.

incipe Maenalios mecum, mea tibia, uersus. 25

Mopso Nysa datur: quid non speremus amantes?

iungentur iam grypes equis, aeuoque sequenti

cum canibus timidi uenient ad pocula dammae.

incipe Maenalios mecum, mea tibia, uersus. 28a

Mopse, nouas incide faces: tibi ducitur uxor.

sparge, marite, nuces: tibi deserit Hesperus Oetam. 30

incipe Maenalios mecum, mea tibia, uersus.

o digno coniuncta uiro: dum despicis omnis,

dumque tibi est odio mea fistula dumque capellae

hirsutumque supercilium promissaque barba,

다몬

떠올라라, 새벽별아, 삶을 주는 하룻낮을 앞장서서 이끌어라,

반려 뉘사의 부정한 사랑에 속아 한탄하는 나는

죽어가면서도 마지막 순간까지 신들을 부르리, 비록

20 그들을 증인으로 삼아 거둔 것은 아무것도 없었으나.

시작하라, 나의 피리여, 나와 함께 마이날루스[130]의 노래를.

마이날루스는 사락대는 수풀과 재잘대는 소나무를 언제나

가지고 있다네, 목동들의 사랑도 언제나 듣는다네,

처음으로 갈대를 놀려두지 않았던 판의 노래 듣는다네.[131]

25 시작하라, 나의 피리여, 나와 함께 마이날루스의 노래를.

뉘사는 몹수스의 것. 서로 사랑하는 우리, 바라지 못할 게

　　무엇인가?[132]

이제 그륍스[133]가 말들과 흘레붙고, 이어지는 시대에는

겁 많은 사슴이 개들과 함께 물 마시러 오겠지.

28a 시작하라, 나의 피리여, 나와 함께 마이날루스의 노래를.[134]

몹수스, 새로운 횃불을 만들어라, 신부가 그대를 따라가니.

30 신랑아, 호두를 뿌려라,[135] 그대를 위하여 저녁별이 오이타

　　를 떠나니.[136]

시작하라, 나의 피리여, 나와 함께 마이날루스의 노래를.

오, 어울리는 남편과 맺어졌구나, 모두를 깔보는 그대이므로,

그대에게는 나의 피리도 염소들도, 덥수룩한

눈썹도, 길게 자란 수염도 메스꺼울 따름이므로,

nec curare deum credis mortalia quemquam.   35

incipe Maenalios mecum, mea tibia, uersus.

saepibus in nostris paruam te roscida mala

(dux ego uester eram) uidi cum matre legentem.

alter ab undecimo tum me iam acceperat annus,

iam fragilis poteram a terra contingere ramos: 40

ut uidi, ut perii, ut me malus abstulit error!

incipe Maenalios mecum, mea tibia, uersus.

nunc scio quid sit Amor: nudis in cautibus illum

aut Tmaros aut Rhodope aut extremi Garamantes

nec generis nostri puerum nec sanguinis edunt.   45

incipe Maenalios mecum, mea tibia, uersus.

saeuus Amor docuit natorum sanguine matrem

commaculare manus; crudelis tu quoque, mater.

crudelis mater magis, an puer improbus ille?

improbus ille puer; crudelis tu quoque, mater.   50

incipe Maenalios mecum, mea tibia, uersus.

nunc et ouis ultro fugiat lupus, aurea durae

mala ferant quercus, narcisso floreat alnus,

35 어떤 신도 필멸의 세상을 돌보지 않는다 믿는 그대이므로.[137]

시작하라, 나의 피리여, 나와 함께 마이날루스의 노래를.

나의 울타리 안에서 어머니와 함께 이슬 맺힌 사과를

따 모으는 자그만 그대를 보았네, 내가 그대들을 안내했지.

그때 나는 벌써 열한 살을 넘겼을 때였네,[138]

40 이제 땅에서 손을 뻗으면 부러지기 쉬운 가지에 닿았지.

그대를 본 순간, 어찌 잃었던가, 어찌 불행한 미망에 나를

빼앗겼던가!

시작하라, 나의 피리여, 나와 함께 마이날루스의 노래를.

이제 아모르[139]가 무엇인지 안다네, 헐벗은 바위에 그 아이

를 낳은 이,

트마로스산[140]인지, 로도페산[141]인지, 세상 끝 가라만테스

족[142]인지,

45 그 아이는 우리의 종족도 우리의 핏줄도 아니라네.

시작하라, 나의 피리여, 나와 함께 마이날루스의 노래를.

잔인한 아모르는 어미[143]에게 자식들의 피로 손을

물들이라 가르쳤네, 그대 또한 잔혹하네, 어머니여.

어머니가 잔혹하다 할까, 아니면 그 아이[144]가 사악한 것인가?

50 그 아이는 사악하네, 그러나 그대 또한 잔혹하네, 어머니여.

시작하라, 나의 피리여, 나와 함께 마이날루스의 노래를.

이제 늑대는 양을 피해 멀리 도망가고, 꼿꼿한 떡갈나무에

황금 사과 열리고, 오리나무는 수선화 꽃피우고,

pinguia corticibus sudent electra myricae,

certent et cycnis ululae, sit Tityrus Orpheus,   55

Orpheus in siluis, inter delphinas Arion.

incipe Maenalios mecum, mea tibia, uersus.

omnia uel medium fiat mare. uiuite siluae:

praeceps aërii specula de montis in undas

deferar; extremum hoc munus morientis habeto.   60

desine Maenalios, iam desine, tibia, uersus.

Haec Damon; uos, quae responderit Alphesiboeus,

dicite, Pierides: non omnia possumus omnes.

Alphesiboeus

Effer aquam et molli cinge haec altaria uitta

uerbenasque adole pinguis et mascula tura,   65

coniugis ut magicis sanos auertere sacris

experiar sensus; nihil hic nisi carmina desunt.

ducite ab urbe domum, mea carmina, ducite Daphnin.

carmina uel caelo possunt deducere lunam,

carminibus Circe socios mutauit Vlixi,   70

버드나무 껍질에선 진득한 호박琥珀이 듣고,

55 백조는 부엉이와 겨루고, 티튀루스는 오르페우스가 되길,

숲속의 오르페우스가 되길, 돌고래들 사이 아리온[145]이 되길.

시작하라, 나의 피리여, 나와 함께 마이날루스의 노래를.

모든 것이 바다 한가운데로. 잘 있거라, 숲이여.

나는 하늘 높은 산정山頂에서 곤두박질치며 파도 속으로

60 휩쓸려 가리라, 죽어가는 이의 마지막 선물로 이 노래 간

직하라.

그쳐라, 나의 피리여, 이제 그쳐라, 마이날루스의 노래를.

이렇게 다몬은 노래했네. 그대 피에리아의 여신들이시여,

알페시보이우스의 답가를 이야기하소서, 우리 모두, 모든

게 가능하진 않으니.

알페시보이우스

물을 길어오라, 이 제단에 부드러운 띠를 감아라,

65 싱그러운 잎사귀와 유향乳香에 불을 붙여라,

마법의 제의로 반려의 건강한 마음을

홀리려 하니, 이제 남은 것은 노래뿐.

데려오라, 도시에서 집으로, 나의 노래여, 다프니스 데려오라.

노래는 하늘에서 달을 끌어내릴 수 있다네,

70 키르케[146]는 노래로 울릭세스[147]의 동료들을 변신시켰다네,

frigidus in pratis cantando rumpitur anguis.

ducite ab urbe domum, mea carmina, ducite Daphnin.

terna tibi haec primum triplici diuersa colore

licia circumdo, terque hanc altaria circum

effigiem duco; numero deus impare gaudet.   75

ducite ab urbe domum, mea carmina, ducite Daphnin.

necte tribus nodis ternos, Amarylli, colores;

necte, Amarylli, modo et 'Veneris' dic 'uincula necto'.

ducite ab urbe domum, mea carmina, ducite Daphnin.

limus ut hic durescit et haec ut cera liquescit   80

uno eodemque igni, sic nostro Daphnis amore.

sparge molam et fragilis incende bitumine lauros:

Daphnis me malus urit, ego hanc in Daphnide laurum.

ducite ab urbe domum, mea carmina, ducite Daphnin.

talis amor Daphnin qualis cum fessa iuuencum   85

per nemora atque altos quaerendo bucula lucos

propter aquae riuum uiridi procumbit in ulua

perdita, nec serae meminit decedere nocti,

talis amor teneat, nec sit mihi cura mederi.

초원에 사는 차가운 뱀은 노래로 몸이 터지고 만다네.

데려오라, 도시에서 집으로, 나의 노래여, 다프니스 데려오라.

먼저 세 가지 빛깔 엮인 이 실타래를 세 개씩 그대의[148]

주위에 두르고, 이 모상을 가지고 제단 주위를

세 번 맴돌리라, 신[149]께서는 짝이 맞지 않는 수를 좋아하시니.

데려오라, 도시에서 집으로, 나의 노래여, 다프니스 데려오라.

아마뤼리스, 세 번의 매듭으로 삼색의 실타래를 묶어라,

아마뤼리스, 묶어라, 그리고 말하라. "베누스의 매듭으로 묶
노라."

데려오라, 도시에서 집으로, 나의 노래여, 다프니스 데려오라.

이 진흙이 굳는 것과 이 밀랍이 녹는 것이 하나의

불꽃이 하는 일이듯, 다프니스 나의 사랑으로 그러하길.

보릿가루 뿌리려, 연약한 월계수를 역청으로 불붙여라.

무정한 다프니스 나를 태우네, 나는 다프니스 대신 이 월계
수 태우네.

데려오라, 도시에서 집으로, 나의 노래여, 다프니스 데려오라.

사랑이 다프니스 사로잡기를, 마치 어린 암소 수송아지 찾아

숲을 헤치고 깊숙한 성림聖林을 거치다 지쳐서,

시냇물 마시려 푸른 사초莎草 속에서 몸을 숙이다

낙심하여, 늦은 밤에 내려가는 길을 잊어버릴 때처럼,

그러한 사랑이 사로잡기를, 그를 치유하는 것은 내 일이 아
니기를.

ducite ab urbe domum, mea carmina, ducite Daphnin.   90

has olim exuuias mihi perfidus ille reliquit,

pignora cara sui, quae nunc ego limine in ipso,

Terra, tibi mando; debent haec pignora Daphnin.

ducite ab urbe domum, mea carmina, ducite Daphnin.

has herbas atque haec Ponto mihi lecta uenena   95

ipse dedit Moeris (nascuntur plurima Ponto);

his ego saepe lupum fieri et se condere siluis

Moerim, saepe animas imis excire sepulcris,

atque satas alio uidi traducere messis.

ducite ab urbe domum, mea carmina, ducite Daphnin.   100

fer cineres, Amarylli, foras riuoque fluenti

transque caput iace, nec respexeris. his ego Daphnin

adgrediar; nihil ille deos, nil carmina curat.

ducite ab urbe domum, mea carmina, ducite Daphnin.

aspice: corripuit tremulis altaria flammis   105

sponte sua, dum ferre moror, cinis ipse. bonum sit!

nescio quid certe est, et Hylax in limine latrat.[152]

credimus? an, qui amant, ipsi sibi somnia fingunt?

parcite, ab urbe uenit, iam parcite carmina, Daphnis.

90 데려오라, 도시에서 집으로, 나의 노래여, 다프니스 데려오라.

언젠가 그 배신자가 이 옷을 벗어 나에게 남겼다네,

돌아오겠다는 소중한 담보로. 대지여, 이제 나는 그것을 문
       턱 아래

그대에게 맡기노라, 이 담보는 다프니스를 빚지고 있으니.

데려오라, 도시에서 집으로, 나의 노래여, 다프니스 데려오라.

95 모이리스가 이 독초를 폰토스[150]에서 모아다 나에게

직접 주었네, 폰토스에서는 독초가 많이 자라지.

나는 자주 보았다네, 모이리스가 이것들을 써서 늑대로 변하여

숲속에 숨는 것을, 깊은 무덤 속에서 혼령을 불러오는 것을,

한 곳에 심은 곡식을 다른 곳으로 옮기는 것을.[151]

100 데려오라, 도시에서 집으로, 나의 노래여, 다프니스 데려오라.

아마륄리스, 재를 문 밖으로 가져가라, 흐르는 강물 향해

머리 뒤로 뿌려라, 그리고 돌아보지 마라, 내가 이것들로

다프니스 해치리라, 그는 신도 노래도 마음 쓰지 않으나.

데려오라, 도시에서 집으로, 나의 노래여, 다프니스 데려오라.

105 보아라, 주저하는 사이 잿더미가 스스로 불꽃을 일으키며

제단을 휩쓸었구나. 바라건대 좋은 징조이기를!

무슨 일인지는 몰라도 일어나고 있구나, 휠락스[153]도 문턱에
       서 짖는구나.[154]

믿을 것인가? 아니면 사랑에 빠진 이, 스스로 꿈 지어내는가?

물러나라, 노래여, 이제 물러나라, 다프니스 도시에서 오는구나.

해설

〈제8목가〉는 노래 경연이라는 익숙한 설정으로 시작한다. 〈제3목가〉의 소극도, 〈제5목가〉의 권유도, 〈제7목가〉의 회상도 없이, 노래에 감동하여 자연물이 스스로의 법칙을 거스르는 목가적 정경이 펼쳐진다. 그런데 여기에 돌연히 이름이 밝혀지지 않은 후원자에게 바치는 헌사가 삽입된다. 고대부터 현대에 이르기까지 이 헌사의 주인이 누구인지에 관한 논쟁이 이어졌는데, 가장 설득력 있는 것은 역시 〈제3목가〉, 〈제4목가〉에서 그 이름이 언급된 폴리오다. 현존하는 작품은 없으나, 비극 작품으로 명성을 얻었다는 보고에서 "소포클레스의 장화에 걸맞는 그대의 노래"라는 표현에 적합한 인물임을 알 수 있다. 이어지는 두 목동의 노래는 〈제5목가〉와 마찬가지로 공통적인 주제 하에 반복되는 모티프를 사용하며, 다몬의 노래에 반복되는 후렴구를 하나 삽입하는 텍스트 수정을 받아들인다면(28a), 동일한 분량에 유사한 구조를 보이며 목가의 전형적인 구성을 따른다.

'비극'이라는 요소는 이어지는 두 노래의 주제에도 영향을 미치는 것으로 보인다. 다몬과 알페시보이우스의 노래는 공통적으로 익명의 화자가 겪는 비극적 사랑의 고통을 그려낸다. 다몬의 노래에서 익명의 화자는 뉘사라는 여인과 그의 남편이 될 몹수스의 결혼을 고통스럽게 바라보며 '잔혹한 사랑'을 힐난하다가 결국 자살을 택한다. 알페시보이우스의 노래에서는 한 여인이 다프니스라는 이름의 연인을 도시에서 집으로 불러내기 위한 마술 제의를 치른다. 두 노래의 모델은 테오크리토스의 〈제2목가〉와 〈제3목가〉로, 전자는 델피스라는 남자의 사랑을 얻기 위해 제의를 치르는 여자 시마이타의 노래를, 후자는 아마릴리스라는 여자를 향해 자신의 사랑을 토로하다가 자살을 암시하는 익명의 목동의 노래를 담고 있다. 베르길리우스는 별개로 떨어져 있던 두 시편에 구성의 변주와 모티프의 조응을 가하여 마치 두 폭 제단화와 같은 시편을 구축한다.

한편, 다른 시편들과 마찬가지로 〈제8목가〉에도 여러 다른 문학 전통의 모티프가 혼합되어 있다. 이를테면 다몬의 노래에서는 희랍 축혼가 전통의 영향이 감지되는데, 이는 축혼가 전통을 변주해 라틴 문학에 중요한 작품들을 남긴 카툴루스Catullus를 통해 전달되었을 것이다. 카툴루스의 시 가운데 결혼을 다룬 작품으로는 〈제61가〉와 〈제62가〉가 있다. 〈제61가〉는 전통적인 관점에서 결혼을 축복하고 사랑을 칭송하는 반면, 〈제62가〉는 결혼에 관한 남성과 여성의 관점을 대비하며 결혼에 관한 상반된 시각을 강조해 축혼가 전통을 비튼다. 또한 〈제64가〉는 결혼식 자체가 소재는 아니지만, 영웅 아킬레우스의 부모인 펠레우스와 테티스의 결혼식을 배경으로 한다. 이른바 '소서사시 epyllion' 장르에 해당하는 이 작품은 인간과 신들이 참석하여 신랑과 신부를 축복하는 결혼식 장면과, 예식의 장식으로 쓰인 융단에 묘사된 테세우스와 아리아드네의 비극적 이야기, 그리고 아킬레우스의 비극적 운명에 관한 예언을 교차하는 절묘한 구성을 취한다. 이처럼 축혼가 장르를 변용해 사랑과 결혼에 관한 상이한 관점을 드러내는 카툴루스를 따라서, 베르길리우스는 비극적 사랑에서 겪는 절망을 목가적 모티프로 표현한다.

알페시보이우스의 노래는 가공할 만한 마력을 지녔으면서도 사랑의 절망을 겪은 키르케를 언급하면서 '마녀'라는 독특한 인물의 계보를 계승한다. 사실 테오크리토스의 〈제2목가〉 자체가 목가 전통에서 주로 활용되는 모티프와는 거리를 두고 있다. 이는 테오크리토스 시집의 편집 자체가 후대에 이루어진 데다, 애초에 그의 시집은 우리가 지금 '목가'라고 부르는 전통에 포함되는 시편뿐 아니라 찬가, 축혼가, 단시 등 다양한 장르의 시편을 포함하기 때문이다. 이에 따라 알페시보이우스의 노래에서도 숲속을 떠도는 암송아지처럼 전형적인 목가적 모티프에 그것을 비트는 불길한 이미지, 예컨대 숲속에 숨어 있는 늑대, 다른 곳으로 자리를 옮기는 곡식 등이 대조를 이룬다.

하지만 베르길리우스는 오히려 이러한 비목가적, 심지어 반反목가적인 특징을 오히려 자신의 고유한 '목가'의 구조 속으로 끌어온다. 단적으로는 여인과 다프니스의 분리에 '도시'와 '농촌'의 대조를 도입한 것을 들 수 있다. 이러한 대조는 이미 〈제1목가〉에서 제시되어, 〈제2목가〉에서 코뤼돈의 비극적 사랑이라는 주제로 전개된 바 있다. 그러나 〈제3목가〉에서는 두 목동의 대창 속에서 극적 조화가 이루어지고, 〈제7목가〉에서도 그와 유사하게 조화로운 대창이 등장한다. 이러한 대조가 〈제8목가〉에서 재도입되는 것은, 우리가 〈제3목가〉에서 〈제7목가〉까지 이어지는 이상적인 목가의 세계에서 벗어나 시집 초반부에 나타난 목가와 현실의 경계 지대로 다시금 진입하고 있음을 암시하는 것일지 모른다.

이처럼 '목가'를 위협하는 것은, 그리고 베르길리우스가 혼합하는 다양한 모티프의 핵심에 자리잡은 것은 역시 비극적인 사랑이다. 목가의 조화란 어떤 질서 내지는 '한도 modus'를 요청하니, 〈제2목가〉에서 코뤼돈이 절규했듯 '한도 없는 사랑'이란 목가의 평온을 위협하는 격정이기 때문이다. 알페시보이우스의 노래로 끝맺는 이 시편의 마지막 행은 노래의 효과로 다프니스가 돌아온 것처럼 묘사하지만, 사실 이는 여인이 지어낸 꿈일지 모른다. 사랑은 평화를 깨뜨리고, 경계를 침입하며, 자기 자신을 의심케 한다. 이어지는 두 시편에서 베르길리우스는 다시금 고요를 잃어버린 목가의 세계에 무엇이 남았는지 노래하고, 마지막으로 사랑과 목가의 관계를 다시금 탐색할 것이다.

Ecloga IX

Lycidas

Quo te, Moeri, pedes? an, quo uia ducit, in urbem?

Moeris

O Lycida, uiui peruenimus, aduena nostri
(quod numquam ueriti sumus) ut possessor agelli
diceret: 'haec mea sunt; ueteres migrate coloni.'
nunc uicti, tristes, quoniam fors omnia uersat,   5
hos illi (quod nec uertat bene) mittimus haedos.

Lycidas

Certe equidem audieram, qua se subducere colles
incipiunt mollique iugum demittere cliuo,
usque ad aquam et ueteres, iam fracta cacumina, fagos,

제9목가

뤼키다스

모이리스, 어디로 가는가? 길을 보아하니, 도시로 가는가?

모이리스

오, 뤼키다스, 우리가 살아서 이 지경에 이르렀네, 우리가
    한 번도

걱정한 적 없는 상황이지. 타지 사람이 우리 땅뙈기의 주
    인 되어

이렇게 말하네. '여긴 내 땅이오. 당신네 예전 농부들은 떠
    나시오.'

5 지금 우리 패배하여, 슬프게도 운명이 모든 것을 뒤집었으니,

이 어린 염소들을 저치에게 보내고 있네. 저자가 불행해지
    기를!

뤼키다스

그러나 나는 분명히 들었네. 언덕이 가라앉기 시작하며

완만한 비탈 따라 산마루를 내려오는 곳에서 물가에

이르기까지, 나이 들어 이미 우듬지도 갈라진 너도밤나무

omnia carminibus uestrum seruasse Menalcan.   10

Moeris

Audieras, et fama fuit; sed carmina tantum

nostra ualent, Lycida, tela inter Martia quantum

Chaonias dicunt aquila ueniente columbas.

quod nisi me quacumque nouas incidere lites

ante sinistra caua monuisset ab ilice cornix,   15

nec tuus hic Moeris nec uiueret ipse Menalcas.

Lycidas

Heu, cadit in quemquam tantum scelus? heu, tua nobis

paene simul tecum solacia rapta, Menalca!

quis caneret Nymphas? quis humum florentibus herbis

spargeret aut uiridi fontis induceret umbra?   20

uel quae sublegi tacitus tibi carmina nuper,

cum te ad delicias ferres Amaryllida nostras?

까지,

10 이 모두를 그대들의 메날카스가 노래로 구해냈다고.

모이리스

들었겠지, 소문이 그러했으니. 그러나 뤼키다스, 우리의 노
래가

마르스[155]의 창칼을 이긴다는 것은, 사람들 말마따나, 날아
드는

독수리를 카오니아 비둘기[156]가 이긴다는 것과 같네.

만일 속 빈 떡갈나무 왼쪽에서 까마귀가[157] 새로운 송사訟事는

15 어떻게든 멈추라고 내게 미리 경고하지 않았다면,

여기 그대의 모이리스도 그 메날카스도 살아 있지 않았을
것이네.

뤼키다스

아아, 누군들 이토록 잔악한 악행을 생각하겠는가? 아아,
메날카스,

그대가 주는 위안을, 그대를, 우리는 거의 빼앗길 뻔 했네!

누가 님파들을 노래했겠는가? 누가 꽃피는 풀들을 땅에

20 흩뿌렸겠는가, 샘물에 푸른 그늘 드리웠겠는가?[158]

아니면 일전에 그대에게서 조용히 엿들었던 노래는?

우리의 어여쁜 아마륄리스를 그대가 찾아갔을 때였지.

'Tityre, dum redeo (breuis est uia), pasce capellas,
et potum pastas age, Tityre, et inter agendum
occursare capro (cornu ferit ille) caueto.'   25

Moeris

Immo haec, quae Varo necdum perfecta canebat:
'Vare, tuum nomen, superet modo Mantua nobis,
Mantua uae miserae nimium uicina Cremonae,
cantantes sublime ferent ad sidera cycni.'

Lycidas

Sic tua Cyrneas fugiant examina taxos,   30
sic cytiso pastae distendant ubera uaccae,
incipe, si quid habes. et me fecere poetam
Pierides, sunt et mihi carmina, me quoque dicunt
uatem pastores; sed non ego credulus illis.
nam neque adhuc Vario uideor nec dicere Cinna   35

146

"티튀루스, 내가 돌아오는 동안 염소들을 먹이게, 길은 짧
    으니.

다 먹으면 물가로 데려가게, 티튀루스, 그리고 데려가는 동
    안은

25 숫염소와 마주치지 않게 조심해야 하네. 그 녀석은 뿔로
    박으니까."

모이리스

아니, 이건 어떤가, 아직 마치지는 못했지만, 바루스에게
    노래하려 했지.

"바루스여, 만투아가 우리에게 남아 있기만 하다면,

아아, 가련한 크레모나에 너무나 가까운 만투아,[159]

노래하는 백조[160]들이 그대의 이름을 별들까지 드높이리."

뤼키다스

30 그대의 벌 떼가 퀴르노스[161] 주목朱木[162]을 피할 수 있도록,

자주개자리 먹은 소 떼가 젖 불릴 수 있도록,

시작하게, 노래할 것이 있거든. 피에리아 여신들은 나 또한

시인으로 만드셨고, 나에게도 노래가 있으며, 나 또한 목동
    들은

가인이라 말하네. 그러나 나 저들을 쉬이 믿지는 않네.

35 아직 나의 노래는 바리우스[163]와 킨나[164]의 노래에

digna, sed argutos inter strepere anser olores.

Moeris

Id quidem ago et tacitus, Lycida, mecum ipse uoluto,

si ualeam meminisse; neque est ignobile carmen.

'huc ades, o Galatea; quis est nam ludus in undis?

hic uer purpureum, uarios hic flumina circum 40

fundit humus flores, hic candida populus antro

imminet et lentae texunt umbracula uites.

huc ades; insani feriant sine litora fluctus.'

Lycidas

Quid, quae te pura solum sub nocte canentem

audieram? numeros memini, si uerba tenerem: 45

'Daphni, quid antiquos signorum suspicis ortus?

ecce Dionaei processit Caesaris astrum,

astrum quo segetes gauderent frugibus et quo

duceret apricis in collibus uua colorem.

insere, Daphni, piros: carpent tua poma nepotes.' 50

미치지 못하는 듯하니, 다만 눈부신 백조들 가운데 거위처
럼 울어댈 뿐.

모이리스

그럼 해보겠네, 뤼키다스. 기억이 나는지 조용히
떠올려보던 참이라네. 시시한 노래도 아니라네.
"이리 오렴, 갈라테아. 바다에서 무슨 놀이 하겠니?
40 여기는 환한 봄이 와서, 여기는 대지가 강변에
갖가지 꽃들을 뿌리고, 여기는 동굴에 하얀 사시나무
드리우며, 휘어진 포도 넝쿨이 작은 그늘 짜고 있단다.
이리 오렴, 난폭한 파도는 해안을 치라 내버려 두고."

뤼키다스

무슨 노래였던가, 맑은 밤하늘 아래 그대 홀로 노래할 적
45 들었던 그 노래는? 박자는 기억하네, 노랫말이 떠오르면 좋
으련만.
"다프니스, 어찌 옛 별자리 떠오르는 것을 바라보는가?
보게나, 디오네의 후손 카이사르의 별이 떴다네,[165]
저 별 덕에 논밭이 이삭으로 기뻐하고, 저 별 덕에
포도송이가 햇빛 잘 드는 언덕을 물들일 것이네.
50 배나무를 접붙이게, 다프니스, 그대의 열매를 후손이 거두리."

Moeris

Omnia fert aetas, animum quoque. saepe ego longos

cantando puerum memini me condere soles.

nunc oblita mihi tot carmina, uox quoque Moerim

iam fugit ipsa: lupi Moerim uidere priores.

sed tamen ista satis referet tibi saepe Menalcas.   55

Lycidas

Causando nostros in longum ducis amores.

et nunc omne tibi stratum silet aequor, et omnes,

aspice, uentosi ceciderunt murmuris aurae.

hinc adeo media est nobis uia; namque sepulcrum

incipit apparere Bianoris. hic, ubi densas   60

agricolae stringunt frondes, hic, Moeri, canamus;

hic haedos depone, tamen ueniemus in urbem.

aut si nox pluuiam ne colligat ante ueremur,

cantantes licet usque (minus uia laedit) eamus;

cantantes ut eamus, ego hoc te fasce leuabo.   65

Moeris

Desine plura, puer, et quod nunc instat agamus;

모이리스

시간은 모든 것을 앗아가니, 마음 또한 떠나가네. 기억하네,
어릴 적 나는 기나긴 한낮을 노래하며 보내고는 했네.
지금은 참으로 많은 노래를 잊었으니, 목소리도 이미
모이리스를 떠났네. 늑대들 먼저 모이리스를 보았던 것이네.[166]
55   그래도 그대의 노래들은 메날카스가 그대에게 좋이 들려줄
      테지.

뤼키다스

그대는 변명을 하면서 우리 사랑을 오랫동안 끌어왔네.
지금은 바다도 그대를 위하여 어디나 잔잔하고 고요하며,
보게나, 거세게 휘몰아치던 바람도 어디나 잦아들었네.
여기부터 우리의 길은 절반, 비아노르[167]의 무덤이
60   보이기 시작했으니. 여기 농부들이 무성한
나뭇잎 쳐내는 곳에서, 여기, 모이리스, 우리는 노래하세.
여기 새끼 염소 풀어두게, 그래도 우리는 도시에 이를 테니.
아니면, 그 전에 밤이 비를 모을까 싶어 걱정스럽거든
계속 노래하며 가도 좋겠네, 길 가는 고생을 덜어줄 테니.
65   우리 노래하며 갈 수 있도록, 내가 그대 짐을 들어주겠네.

모이리스

이제 그치게나, 목동이여, 우리 지금 닥친 일을 하세.

carmina tum melius, cum uenerit ipse, canemus.

그[168]가 오고 나면 그때, 우리는 노래를 더 잘할 수 있겠지.

해설

〈제9목가〉는 뤼키다스와 모이리스가 우연히 마주치는 장면으로 시작한다. 길이 향하는 곳으로 미루어 짐작해 보니 모이리스는 '도시'로 가고 있다. 어째서인가? 모이리스의 답변에서 〈제1목가〉를 연상하기는 어렵지 않다. 멜리보이우스와 마찬가지로 모이리스 또한 자신의 터전을 상실하여 무슨 운명이 기다리고 있는지도 알지 못한 채 도시로 향한다. 적어도 그 삶이 더 이상 시골에서 가축을 돌보고 노래를 부르던 목동의 삶과 같지 않으리라는 사실은 분명하다. 그에게는 이제 돌볼 가축조차 없기 때문이다.

뤼키다스는 묻는다. 메날카스의 노래가 모두를 구해냈다고 하지 않았는지? 모이리스는 뤼키다스의 이야기를 '소문'으로 일축하며, 전쟁의 창칼 앞에 무력할 수밖에 없는 노래의 현실을 탄식한다. 메날카스에 대한 그리움 속에서 그가 불러준 노래가 하나둘 떠오르고, 뤼키다스의 권유로 두 목동은 대창의 형식을 따라 기억 속에서 노래를 꺼내어 서로에게 들려준다. 그러나 모이리스는 모든 것이 시간 속에서 떠나가 버렸음을 깨닫는다. 뤼키다스는 잠시 멈추어 노래를 하자고 다시금 권유하지만, 모이리스는 지금 닥친 일을 하자고 말하며 메날카스가 돌아올 미래에 대한 소망을 언뜻 비치고, 이 짧은 답변으로 시편이 마무리된다.

다른 시편들과 마찬가지로 〈제9목가〉 또한 테오크리토스의 목가를 모방하고 있다. 테오크리토스 〈제7목가〉의 줄거리는 이렇다. 시미키다스라는 이름의 화자가 친구 에우크리토스, 아뮌타스와 함께 데메테르 축제를 즐기러 농장으로 향하는 길에서 목동 뤼키다스를 만난다. 시미키다스와 뤼키다스는 함께 길을 걸으면서 노래를 주고받고, 감사의 표시로 서로에게 선물을 증정한다. 이내 갈림길이 나타나고, 뤼키다스는 시미키다스 일행과 헤어진다. 시미키다스와 친구들은 축제에 도착하여 잔치를 즐긴다. 축제로 향하는 길에서 우연히 목동을 만나 노래를 주고받는 경쾌하고 즉흥적인 정취가 이 목가의 매력이다. 베르길리우스는 이를 토지 몰수의 여파로 절망에 빠진 모이리스와, 메날카스를 언급하면서 그를 위로하려 애쓰는 뤼키다스의 쓸쓸한 이야기로 변형한다.

특히 베르길리우스가 변형의 주된 수단으로 활용하는 것은 시간이라는 요소다. 시인은 뤼키다스와 모이리스의 대화가 이루어지는 현재의 '길'을, 메날카스가 부른 노래를 추억하고 되새길 때 다시금 떠오르는 과거와, 그가 돌아올 것이라는 소망 속에서 희미하게 비치는 미래 사이에 놓는다. 두 목동이 되새기는 노래 또한 한편으로는 자연

속의 원시적 삶을 노래하는 테오크리토스 목가의 전형에 속하는가 하면, 다른 한편으로는 바루스와 카이사르를 칭송하면서 역사적 현실을 미래에 전하기 위한 찬가에 속한다. 과거를 되살리고 미래를 구축하는 노래의 힘이, 미래를 희구하며 과거를 되새기는 목동들의 역량으로 되살아나는 것이다. 이러한 회고는 자신의 시집을 돌아보는 시인 자신의 것처럼 보이기도 한다.

그러나 노래가 시간을 되살리는 만큼, 시간은 노래를 빼앗을 수 있다. 속절없이 흘러가는 "시간은 모든 것을 앗아가니, 마음 또한 떠나가"며, 노래 또한 잊혀진다. 목동들이 가야 할 길이 얼마나 남았든, 밤은 가까워오고 사위는 어두워진다. 그럼에도 〈제9목가〉가 〈제1목가〉와는 달리 다소간 온화한 감흥을 안겨주는 것은, 또 모이리스가 여전히 메날카스가 도래할 미래에 대한 희미한 소망을 이야기할 수 있는 것은, 티튀루스나 멜리보이우스와는 달리 뤼키다스와 모이리스에게는 서로의 짐을 들어줄 길동무가 있기 때문일 것이다. 이처럼 시인은 〈제1목가〉에서 〈제9목가〉에 이르는 시집 전체의 원환 구성을 마무리하는 마지막 시편을(〈제10목가〉는 일종의 코다Coda에 해당한다), 역사적 현실의 상흔이 아로새겨진 목가적 세계라는 자신의 고유한 주제에 다시금 바친다. 그러나 처음과는 달리 그 속에는 어렴풋한 희망의 그림자가 드리워져 있다.

Ecolga X

Extremum hunc, Arethusa, mihi concede laborem:

pauca meo Gallo, sed quae legat ipsa Lycoris,

carmina sunt dicenda; neget quis carmina Gallo?

sic tibi, cum fluctus subterlabere Sicanos,

Doris amara suam non intermisceat undam,   5

incipe: sollicitos Galli dicamus amores,

dum tenera attondent simae uirgulta capellae.

non canimus surdis, respondent omnia siluae.

Quae nemora aut qui uos saltus habuere, puellae

Naides, indigno cum Gallus amore peribat?   10

nam neque Parnasi uobis iuga, nam neque Pindi

ulla moram fecere, neque Aonie Aganippe.

illum etiam lauri, etiam fleuere myricae,

pinifer illum etiam sola sub rupe iacentem

제10목가

마지막으로, 아레투사[169]여, 나에게 이 노고를 허락하소서,

나의 갈루스[170]를 위해 짧은 노래를, 그러나 뤼코리스[171]가 읽을

노래를 불러야 하므로. 갈루스를 위한다면 누가 노래를 마다하겠습니까?

그리하신다면 그대가 시킬리아[172]의 파도 아래를 흐르는 동안,

5   쓰디쓴 도리스[173]가 자신의 물너울 그대와 뒤섞지 않으리.

시작하소서, 갈루스의 애달픈 사랑을 노래합시다,

납작코 염소들이 여린 덤불 갉아먹을 동안.

우리 노래는 귀먹은 것들을 향하지 않습니다, 숲은 언제나 답하므로.

어느 숲을, 어느 초지를 지키고 있었는가, 그대 나이데스[174]

10   소녀들이여, 갈루스가 부정한 사랑에 죽어가고 있었을 때.

파르나수스[175] 산봉우리도, 핀두스[176]의 산봉우리도,

아오니아[177]의 아가니페 샘[178]도 그들을 붙잡지 않았는데.

월계수조차도, 버드나무조차도 그를 위해 눈물 흘렸으며,

소나무 자라는 마이날루스산[179]과 얼어붙은 뤼카이우스산[180]

Maenalus et gelidi fleuerunt saxa Lycaei.   15

stant et oues circum; nostri nec paenitet illas,

nec te paeniteat pecoris, diuine poeta:

et formosus ouis ad flumina pauit Adonis.

uenit et upilio, tardi uenere subulci,

uuidus hiberna uenit de glande Menalcas.   20

omnes 'unde amor iste' rogant 'tibi?' uenit Apollo:

'Galle, quid insanis?' inquit. 'tua cura Lycoris

perque niues alium perque horrida castra secuta est.'

uenit et agresti capitis Siluanus honore,

florentis ferulas et grandia lilia quassans.   25

Pan deus Arcadiae uenit, quem uidimus ipsi

sanguineis ebuli bacis minioque rubentem.

'ecquis erit modus?' inquit. 'Amor non talia curat,

nec lacrimis crudelis Amor nec gramina riuis

nec cytiso saturantur apes nec fronde capellae.'   30

의 바위조차

15 덩그러니 절벽 아래 누워 있는 그를 위해 눈물 흘렸는데.

양들도 주위에 서 있네, 그들은 우리를 부끄러이 여기지 않으니,

그대도 가축을 부끄러워하지 않길, 신과 같은 시인이여,

아름다운 아도니스[181]도 강변에서 양들에게 풀을 먹였으니.

양치기도 왔다네, 돼지치기도 느지막이 왔다네,

20 메날카스도 겨울 도토리 때문에 흠뻑 젖은 채로 왔다네.

모두가 묻네. "그대의 그 사랑은 어찌 된 일인가?" 아폴로가 와서

말하네. "갈루스, 어찌 정신을 못 차리는가? 그대의 사랑 뤼코리스는

눈보라도 헤치고 무서운 군진軍陣도 뚫고서 다른 남자를 쫓아갔는데."

실바누스[182] 시골 화관 머리에 쓰고서 왔다네,

25 꽃피운 회향풀과 활짝 핀 백합을 흔들면서.

아르카디아의 신, 판[183]도 왔다네, 내가 직접 보았으니,

딱총나무 핏빛 열매와 진사辰沙로 붉게 물들어 있었네.

말하기를, "한도가 있겠는가? 아모르는 그런 것은 마음 쓰지 않네.

잔인한 사랑은 눈물에, 잔디는 시냇물에,

30 꿀벌은 자주개자리에, 염소들은 잎사귀에 질리는 법 없네."

Tristis at ille 'tamen cantabitis, Arcades,' inquit

'montibus haec uestris; soli cantare periti

Arcades. o mihi tum quam molliter ossa quiescant,

uestra meos olim si fistula dicat amores!

atque utinam ex uobis unus uestrique fuissem   35

aut custos gregis aut maturae uinitor uuae!

certe siue mihi Phyllis siue esset Amyntas

seu quicumque furor (quid tum, si fuscus Amyntas?

et nigrae uiolae sunt et uaccinia nigra),

mecum inter salices lenta sub uite iaceret;   40

serta mihi Phyllis legeret, cantaret Amyntas.

hic gelidi fontes, hic mollia prata, Lycori,

hic nemus; hic ipso tecum consumerer aeuo.

nunc insanus amor duri me Martis in armis

tela inter media atque aduersos detinet hostis.   45

tu procul a patria (nec sit mihi credere tantum)

Alpinas, a! dura niues et frigora Rheni

me sine sola uides. a, te ne frigora laedant!

허나 슬프게도 그는 말하네. "그래도 그대들, 아르카디아
　　사람들이여,

그대들의 산에게 이를 노래하겠지, 오직 아르카디아 사람
　　들만이

노래에 능하니. 오, 나의 뼈 얼마나 감미로운 휴식을 취할까,

그대들 피리가 언젠가 내 사랑 노래해 준다면!

35　내가 그대들 중 한 사람이었다면, 그대들의 가축 무리

　　지키는 사람이었다면, 잘 익은 포도나무 돌보는 사람이었
　　다면!

틀림없이 퓔리스든, 혹은 아뮌타스든, 아니면 다른 누구든

나는 미치도록 사랑하였겠지, 아뮌타스가 까맣다고 하면

어떤가? 제비꽃도 새까맣고 월귤도 새까만데.

40　버드나무 사이 자늑한 포도 넝쿨 아래 함께 누울 텐데.

　　퓔리스는 나에게 꽃다발 만들어주고, 아뮌타스는 노래할
　　　텐데.

뤼코리스, 여기 시원한 샘물이, 여기 부드러운 초원이,

여기 숲이 있는데, 여기서 그대와 함께 그 세월 보낼 텐데.

지금은 미친 사랑이 흉폭한 마르스의 무구 속에,

45　창칼 한가운데에, 마주선 적들 앞에 나를 잡아두네.[184]

어찌 믿으라 하는가, 그대는 조국에서 멀리 떨어져,

아, 알프스의 눈보라와 레누스[185]의 혹독한 겨울을

나 없이 홀로 바라보고 있네. 아, 추위가 그대 해치지 않기를,

163

a, tibi ne teneras glacies secet aspera plantas!

ibo et Chalcidico quae sunt mihi condita uersu   50

carmina pastoris Siculi modulabor auena.

certum est in siluis inter spelaea ferarum

malle pati tenerisque meos incidere amores

arboribus: crescent illae, crescetis, amores.

interea mixtis lustrabo Maenala Nymphis   55

aut acris uenabor apros. non me ulla uetabunt

frigora Parthenios canibus circumdare saltus.

iam mihi per rupes uideor lucosque sonantis

ire, libet Partho torquere Cydonia cornu

spicula — tamquam haec sit nostri medicina furoris,   60

aut deus ille malis hominum mitescere discat.

iam neque Hamadryades rursus nec carmina nobis

ipsa placent; ipsae rursus concedite siluae.

non illum nostri possunt mutare labores,

nec si frigoribus mediis Hebrumque bibamus   65

Sithoniasque niues hiemis subeamus aquosae;

nec si, cum moriens alta liber aret in ulmo,

Aethiopum uersemus ouis sub sidere Cancri.

아, 매서운 얼음에 그대의 매끄런 발바닥 다치지 않기를!

50 나는 가리라, 칼키스의 시행[186]으로 지은 노래들에

시킬리아 목동의 갈대피리로 선율을 붙이리라.

숲속 짐승들의 동굴에서 견디기로 하였노라,

어린 나무들에 나의 사랑 새기기로 하였노라.

나무들이 자라면 너희들도 자라겠지, 나의 사랑아.

55 그동안 나는 뉨파들과 어울려 마이날루스산을 돌아다니거나

난폭한 멧돼지를 사냥하리, 어떠한 추위도 나를 막지 못하리,

개를 풀어 파르테니우스산[187]의 수림樹林을 에워싸는 나를.

메아리 울리는 절벽과 성림聖林을 헤치는 내가

벌써 보이네, 파르티아[188] 사람의 각궁角弓으로 퀴도니아[189]

의 화살을

60 쏘리라, 마치 이것이 내 광기의 치료제나 되는 듯이,

그 신[190]께서 인간들의 불행에 누그러지길 배우실 듯이.

이미 하마드뤼아데스[191]도, 노래조차도 우리를

다시금 기쁘게 하지는 못하네, 숲이여, 다시 작별을.

우리의 노고는 그 신을 바꿀 수 없네.

65 설령 우리가 한겨울 추위에 헤브루스[192] 강물을 마시고

비 내리는 겨울 시토니아[193] 눈보라를 감내한다 해도,

설령 높다란 느릅나무 속껍질 말라 죽어갈 때

게자리[194] 아래서 아이티오피아[195] 사람들의 양을 몰고 간다

해도.

omnia uincit Amor: et nos cedamus Amori.'

Haec sat erit, diuae, uestrum cecinisse poetam,   70

dum sedet et gracili fiscellam texit hibisco,

Pierides: uos haec facietis maxima Gallo,

Gallo, cuius amor tantum mihi crescit in horas

quantum uere nouo uiridis se subicit alnus.

surgamus: solet esse grauis cantantibus umbra,   75

iuniperi grauis umbra; nocent et frugibus umbrae.

ite domum saturae, uenit Hesperus, ite capellae.

사랑은 모든 것을 이기네, 그러니 사랑에 항복하세."
70 여신들이시여, 충분하겠지요. 그대들의 시인이 앉아서
　　가녀린 접시꽃으로 바구니를 짜며 이와 같이 노래하였나
　　이다.
　　피에리아 여신들이시여, 그대들 이 노래 갈루스의 자랑으
　　로 만드시길,
　　갈루스를 향한 나의 사랑은 매시간을 자라나서
　　마치 새봄을 맞이한 푸르른 오리나무 크는 듯하니.
75 일어나세, 노래하는 이들에게 그늘은 해롭기 마련,
　　노간주나무 그늘은 해롭기 마련,[196] 그늘은 열매 또한 해치
　　므로.
　　집으로 가거라, 배부른 염소들아, 저녁별이 뜬다, 가거라.

해설

마지막 노래인 〈제10목가〉는 일종의 코다라고 할 수 있다.
〈제5목가〉를 중심으로 대칭을 이루는 원환이 〈제9목가〉에
서 마무리된 뒤에, 마치 꺼진 불씨에서 불꽃이 잠시 솟아
올랐다가 다시 사그라들듯이 목가의 경계를 떠돌다 결국
벗어나는 한 시인의 이야기가 시편의 내용을 이룬다. 여기
서 '부정한 사랑에 죽어가는' 갈루스의 형상은, 〈제5목가〉
에서 찬가의 대상이던 다프니스가 테오크리토스의 〈제1목
가〉에서 그려진 방식과 일치한다. 〈제10목가〉는 결국 원
환의 중심인 〈제5목가〉의 잔향을 남기며, 그리고 테오크
리토스 목가의 시작이었던 주제를 다시금 다루며 시집을
마무리하는 것이다. 그 주제란 바로 '사랑'과 '목가'의 관
계로, 연가 장르의 선구자로 간주되는 갈루스는 그 이야기
에 걸맞는 주인공이겠다.

연가는 로마 문학의 고유한 장르다. 물론 사랑이라는 주
제는 희랍의 서정시뿐만 아니라 목가 전통 역시 끊임없이
다루었다. 그러나 연가의 독특한 매력이라면, 사랑의 경험
과 감정에 관한 지독하리만치 끈질긴 탐구라 하겠다. 연
가 시인들은 연인의 부재는 물론 존재에도 자아와 세계가

흔들릴 정도의 파토스를 느끼고, 연인의 육체와 그 육체가 자리한 주변 환경을 세세하게, 탐욕적으로 묘사하며, 사랑의 경험과 풍경에 신화와 역사의 색채를 더해 특유의 로맨티시즘과 풍자를 빚어낸다. 특히 연가 시인들의 주요한 주제 하나가 '잔인한 사랑saeuus Amor'이니, 이들에게 사랑이란 일종의 '광기furor'로서 한 사람을 휘어잡고 뒤흔드는 모질고 흉폭한 신인 것이다. 판이 갈루스에게 말했듯이, 또 코뤼돈이 이미 절규했듯이 사랑에는 '한도modus'가 존재하지 않는다.

이때 목가는 하나의 위안으로, '약'으로 다가온다. 갈루스는 아르카디아에서 자신의 죽음을 애도하기를, 나아가 자신이 아르카디아의 일원이기를 소망한다. 그곳에서는 마치 숲과 강이 목동의 노래에 응답하듯 퓔리스와 아뮌타스가 자신의 사랑에 응답했을 것이다. 그러나 사랑은 아르카디아의 목가적 환상 속에 빠져 있던 갈루스의 시선을 다시금 뤼코리스로 향하게 만든다. 마치 신화 속에서 방황하던 〈제6목가〉의 인물들처럼, 갈루스의 마음과 시선은 어디에서도 편안한 자리를 찾지 못하고 목가의 환상과 연가의 상사想思를 맴돈다.

이로부터 갈루스는 "칼키스의 시행으로 지은 노래들에 / 시킬리아 목동의 갈대피리로 선율을 붙이리라"라는 시적 선언으로 새로운 실험을 예고하면서 연가의 전형적 모티프인 '사냥'으로 목가의 배경을 에워싸지만, 사랑의 신은 여전히 모질다. 이로부터 베르길리우스의 시구 가운데 가장 유명한 구절이 등장한다. "사랑은 모든 것을 이긴다 omnia uincit Amor." 이는 어떤 현실이든 극복하는 사랑의 힘에 관한 찬양이 아니라, 인간을 가장 수동적이고 무력한 상태로 만드는 사랑의 잔인하고 흉폭한 힘에 대한 고통스러운 인식이다. 갈루스의 독백은 이러한 인식으로 끝을 맺는다.

베르길리우스가 갈루스를 〈제10목가〉의 주인공으로 삼은 이유에 관해서는 여러 추측들이 있지만, 갈루스의 작품이 현존하지 않는 이상 확증하기는 어렵다. 그러나 갈루스가 자신의 사랑을 나무에 새기며 그것들이 함께 자라나는 모습을 이야기하는 시구를 되받아 자신의 사랑도 그렇게 자랄 것이라고 말하는 시인의 목소리에는 동료 시인을 향한 깊은 애정이 배어 있는 듯하다.

시인은 이제 《목가》의 세계에 작별을 고하며, 그늘을 떠나서 빛 속으로 나아가려 한다. 그늘은 '무겁고grauis' 열매를 해친다. 《목가》는 그늘의 무게 아래에서 태어난 시라고 할 수 있을까? 노래하는 이들을 위협하는 어떤 그늘들이 있다. 속악한 현실, 무정한 사랑, 비밀스러운 고독. 《목가》는 그 무게를 느끼면서, 현실을 구원하는 '신'을 노래하고, 평화롭고 따뜻한 사랑을 꿈꾸며, 노래 속에 잠드는 안식을 희망한다. 시인의 꿈을 먹은 염소들은 이제 배가 부르고, 《목가》를 열었던 첫 시편의 마지막이 되울린다. 이후 《농가Georgica》의 마지막에서 베르길리우스는 자신의 첫 시를 추억하며 노래할 것이다.

그 시절, 달콤한 파르테노페는 나 베르길리우스를
무명의 여가에 대한 헌신으로 길러 꽃피웠으니,
나는 젊은 날의 치기로 목동들의 노래를 흥얼거리며,
티튀루스, 크넓은 너도밤나무 아래 그대를 노래하였다네.

주

제1목가

1 무사Musa는 학문과 예술을 수호하는 아홉 명의 여신을 가리킨다. 복수형 무사이Musae로 총칭하기도 한다. 여기서는 티튀루스가 연주하는 음악을 환유하고 있다.

2 시칠리아섬에 있는 산의 이름으로, 벌꿀의 산지로 유명했다.

3 파르티아는 카스피해 남동쪽 일대를 가리키며, 게르마니아는 게르만족이 거주하던 라인강 일대를 가리킨다. 아라리스강은 갈리아 지방의 강이며, 티그리스강은 메소포타미아 지방의 강이다. 따라서 이 시구는 동서를 멀리 가로지르는 만큼의 긴 시간을 뜻한다.

4 스퀴티아는 흑해 북부 일대를 가리킨다. 오악세스강의 정체는 불명확하다. 시리아의 옥수스강과 아르메니아의 아락세스강을 합친 조어로 보기도 한다.

제2목가

5 시킬리아는 현재의 시칠리아섬을 가리킨다. 지중해 중앙부, 이탈리아반도 남단에 인접하고 있어 고대부터 전략적, 상업적 요충지로 간주되었다. 목가의 창시자로 여겨지는 테오크리토스의 고향이기도 하다.

6 암피온은 제우스와 안티오페의 아들로, 쌍둥이 형제 제토스가 있다. 이들은 어릴 때 키타이론산에 버려져 목동들의 손에 길러졌다. 아라퀸투스 또한 산의 이름으로, 키타이론산에서 멀지 않다. 디르케는 테바이의 여왕으로, 안티오페를 몹시 괴롭혔다. 장성한 암피온과 제토스는 테바이로 돌아와서 디르케를 황소의 뿔에 묶어 죽인 뒤 시신을 샘물에 버렸고, 이후 그 샘물이 디르케로 불리게 되었다. 신화에 따르면 테바이 성벽을 쌓을 때 암피온이 뤼라를 연주하여 돌을 움직였다고 한다.

7 목가를 대표하는 신화 속 목동으로, 헤르메스와 한 님파 사이에 태어났으나 월계수에 버려져 목동들이 키웠다고 한다. 이름 또한 희랍어로 월계수를 가리키는 '다프네daphné'에서 유래했다. 목동들의 노래에 비상한 재능을 보였으나, 불행히도 때 이른 죽음을 맞게 된다. 연인이었던 님파 에케나이스Echenais에게 정절을 약속했으나, 술에 취한 상태에서 어느 공주와 동침하는 바람에 님파의 분노를 사게 된 것이다. 에케나이스는 그의 눈을 멀게 했고(오비디우스의 이야기에서는 바위로 변한다), 상심한 다프니스는 노래로 자신을 위로하려 하나 결국 죽음을 맞는다. 테오크리토스의 〈제1목가〉에서 다프

니스의 죽음이 묘사된다. 베르길리우스 또한 〈제5목가〉에서 다프니스의 죽음을 다루며, 다른 목가들에서도 중요한 인물로 언급한다.

8 염소의 하반신과 인간의 상반신을 지닌 목신牧神. 야생과 자연의 왕성한 생명력과 통제할 수 없을 정도로 난폭한 힘을 상징하기도 하지만, 동시에 가축을 돌보고 음악을 즐기는 목가적인 모습 또한 가지고 있다.

9 신화에 따르면 갈대피리의 기원은 다음과 같다. 판은 나무의 님파 중 하나인 쉬링크스Syrinx에게 구애했으나, 순결의 여신 아르테미스를 섬기던 쉬링크스는 그를 거부하며 도망쳤다. 그러나 결국 라돈강에서 판에게 붙잡힐 위험에 이르자 그녀는 강의 님파들에게 자신을 변신시켜달라 청하고, 결국 갈대로 변한다. 판은 그 갈대로 피리를 만들었다.

10 자연의 정령을 총칭하며, 매혹적인 젊은 여성의 모습으로 그려진다. '님페 nymphē'라는 희랍어 낱말 자체가 '신부'라는 의미다.

11 물의 님파를 가리킨다.

12 황금 사과를 둘러싼 세 여신의 다툼에 휘말려 들었다가 왕국의 멸망을 초래한 파리스 왕자를 말한다. 파리스는 흔히 목동의 모습으로 그려졌다.

13 '팔라스'는 희랍의 아테나, 곧 로마의 미네르바 여신을 가리킨다. 미네르바는 로마의 창건 및 수호와 관련하여 중요한 숭배의 대상이었다. 코뤼돈은 알렉시스에게 도시의 삶을 떠나 자연에서 함께 사랑을 나누기를 청하고 있다.

제3목가

14 메날카스의 동성애 행위를 암시한다. 《목가》의 배경인 고대 희랍에서 남성들의 동성애 행위는 그 자체로 외설적인 것은 아니었지만, 수동적 역할에 탐닉하는 사람은 경멸의 대상이 되었다. '자네를te'이라는 목적격은 메날카스가 수동적인 역할을 했음을 암시한다. 또한 숫염소는 색욕을 상징하는 동물이다. 이 구절이 참조한 테오크리토스의 시구는 훨씬 노골적이다. "그대를 쑤시자 그대는 아파했지. 암염소들 울어댔고, 숫염소는 찔러댔지."(5.41-42)

15 자기 일처럼 말하고 있지만, 사실은 다모이타스의 행동을 에둘러 헐뜯는 것이다.

16 뤼키스카는 암캐의 이름이다. 오비디우스의 《변신 이야기》 3권 220행에서도 이 이름이 언급된다.

17 사모스 출신으로 기원전 3세기에 시칠리아와 이탈리아 남부에서 활동했던 수학자이자 천문학자. '베레니케의 머리털 자리Coma Berenices'를 발견한 것으로 유명하다. 카툴루스의 〈제66가〉 서두에서도 언급된다.

18 고대부터 현대까지 여러 주석가들은 이 사람의 정체에 대해 다양한 추측을 제시했다. 강력한 후보로는 기원전 4세기 크니도스 출신의 에우독소스Eudoxus, 그리고 (코논과 교류한 것으로 알려진) 쉬라쿠사이 출신의 아르키메데스Archimedes가 있다. 에우독소스로부터 상당한 영향을 받아서 《성상星象, Phaenomena》이라는 운문 작품을 쓴 아라토스Aratus 또한 거론된다.

173

19 47행과 동일하다. 〈제8목가〉와의 구조적 관계에 비추어 43행을 삭제해야 한다는 견해가 있다. 〈제3목가〉에서 43행을 삭제하고 대다수의 편집자가 동의하듯 〈제8목가〉에서 반복되는 시구 한 행을 추가할 경우(28a),《목가》전체에서 대칭의 위치에 있는 두 목가의 분량이 110행으로 동일해지기 때문이다. 나아가 110이라는 숫자는 고대 로마에서 한 세기saeculum를 뜻한다. 베르길리우스가 〈제3목가〉를 헌정한, 그리고 〈제8목가〉 또한 헌정한 것으로 추정되는 집정관 가이우스 아시니우스 폴리오Gaius Asinius Pollio(주26 참조)는 새로운 세기의 개시를 알리는 직무를 수행했다고 알려져 있다. 이는 폴리오가 언급된 〈제4목가〉의 내용과도 밀접한 관련을 맺는다. 〈제4목가〉, 〈제8목가〉 해설 참조.

20 무사 여신들 중 하나인 칼리오페와 아폴론 사이에서 태어난 전설의 가인歌人으로, 그의 노래에는 야수와 목석을 매혹시킬 정도의 신적인 힘이 있다고 여겨졌다. 명계冥界로 내려가 하데스와 페르세포네를 설득하여 죽은 아내 에우뤼디케를 되살릴 기회를 얻었으나, 지상으로 올라오기 전에 절대 에우뤼디케의 모습을 보아서는 안 된다는 금령을 어기는 바람에 다시금 아내를 잃어버린다는 이야기가 잘 알려져 있다.

21 원래 로마에서는 샘물이나 우물에 관련된 요정들이었지만, 이후 희랍의 무사 여신들과 동일시되었다.

22 최고신으로 하늘과 번개를 다스린다. 희랍의 제우스와 동일시되었다.

23 '빛나는 자'라는 뜻으로, 태양신으로서의 아폴론을 가리킬 때 사용하는 이름이다.

24 월계수와 휘아킨토스 모두 아폴론의 불행한 사랑과 연관된다. 요정 다프네는 그에게서 도망치기 위해 월계수로 변했고, 소년 휘아킨토스는 아폴론이 잘못 던진 원반에 맞아서 죽은 뒤 휘아킨토스꽃으로 변했다.

25 수확제 기간에 성적인 행위는 금기로 여겨졌다.

26 가이우스 아시니우스 폴리오(기원전 76~기원후 4)를 가리킨다. 상당한 영향력을 발휘한 정치가로, 카이사르 생전에는 카이사르를 지지했고, 카이사르 사후에는 원로원 세력과 카이사르 세력의 분쟁에서 후자에 속하는 안토니우스를 지지했으나, 안토니우스와 옥타비아누스의 분쟁에서는 중립을 유지했다. 이에 따라 집정관을 역임한 기원전 40년에 안토니우스와 옥타비아누스의 결전을 저지하고 브룬디시움 평화조약을 주재했다. 〈제4목가〉는 바로 이 평화조약을 폴리오의 위업으로 칭송한다. 문학적 영향력도 커서 카툴루스를 비롯한 신진 시인들의 후원자를 자임했으며, 호라티우스와 베르길리우스 또한 예외가 아니었다. 또한 86행에서 언급되듯 폴리오 자신도 카툴루스와 동일한 유파에 속하는 '새로운' 시를 창작했으며, 비극 작품과 연설문, 그리고 내전기에 관한 역사서도 집필했다고 한다. 그러나 현재까지 전해지는 것은 그 내용에 관한 간접적 언급 또는 작품의 제목 및 짧은 단편들에 불과하다.

27 피에리아는 마케도니아 남동부에 위치한 지역으로, 무사 여신들의 고향으로

여겨졌다.

28 두구속 식물의 열매로 만드는 인도의 향신료 카다멈을 가리킨다. 로마에서
사치품으로 수입되었다.

29 바비우스와 마이비우스는 당대의 시인들로 추정되나, 현존하는 작품은 물론
신뢰할 만한 전승도 남아 있지 않다. 여기서 "여우에 멍에를 메고 숫염소 젖
을 짜"는 무의미하고 우스꽝스러운 행위는 앞서 다모이타스가 폴리오의 시
를 암시하며 풍요로운 자연의 이미지를 제시한 것과 대조적이다. 따라서 바
비우스와 마이비우스는 신진 시인들의 유파와 대립하던 구식 시인들에 해당
하며, 베르길리우스는 그들을 암시적으로 조롱한다고 해석할 수 있다.

30 이 수수께끼에 대한 답으로는 아르키메데스나 포시도니오스Phosidonius 등
의 천문학자가 고안한 천구의天球儀, 또는 천문 관찰을 위해 사용한 우물 등이
제안되었다.

31 왕의 이름이 새겨진 꽃은 휘아킨토스Hyakinthos를 가리킨다. 이에 대해서는
두 가지 해석이 가능하다. 첫 번째 해석에 따르면 '왕'이란 미모가 뛰어난 스
파르타의 왕자 휘아킨토스를 가리킨다. 그는 아폴론의 연인이었으나, 함께
원반을 던지며 놀다가 아폴론이 던진 원반에 맞아서 죽는다. 그때 흘린 피에
서 피어난 꽃이 바로 휘아킨토스인데, 이 꽃의 독특한 무늬가 희랍어에서 비
탄의 외침을 표현하는 말 'AI'처럼 보인다. 두 번째 해석에 따르면 '왕'은 희
랍의 용장 아이아스Aias를 가리킨다. 자살한 아이아스의 피에서 휘아킨토스
가 피어났는데, 그 무늬가 아이아스의 이름 앞 두 글자 'AI'를 가리킨다는 것
이다. 다만 우리가 현재 '히아신스hyacinth'라 부르는 꽃에서는 이런 무늬를
찾을 수 없기 때문에, 고대 문헌에서 언급된 식물은 제비고깔꽃, 붓꽃 등 다
른 종으로 추정된다. 그렇다면 휘아킨토스가 피어나는 땅은 어디일까? 서식
지를 고려하면 사실상 희랍 전체가 되지만, 신화 내용을 고려하면 휘아킨토
스가 죽은 에우로타스 강변 또는 아이아스가 죽은 트로이아와 로이테이온
사이의 평원으로 볼 수 있을 것이다.

제4목가

32 쿠마이는 이탈리아 반도 캄파니아 지방의 도시로, 아폴론의 무녀 시뷜라의
고향이다. 전승에 따르면, 시뷜라는 예언의 신 아폴론의 힘으로 예언서를 집
필하여 로마의 마지막 왕 루키우스 타르퀴니우스에게 헌정했다. 이후 예언서
는 카피톨리움 언덕의 유피테르 신전에 보관되어 성물 관리인 15명이 특별
히 관리했다. 로마 역사에서 이 예언서는 지대한 영향력을 발휘했는데, 이를
테면 역병이나 재해 등의 국난이 발생했을 때 원로원에서 예언서를 참고하
여 정책을 결정했다. 기원전 83년 화재로 일부가 소실되기도 했으나, 남아 있
는 자료들을 참고해 원상태로 복원했을 만큼 중요한 국보로 취급되었다. 당
연히 시뷜라의 영향력은 정치적 영역에 그치지 않아 베르길리우스는 물론
호라티우스, 티불루스 등의 시인들도 문학적 소재로 활용했으며, 로마의 화

폐에도 시뷜라의 상징이 사용되는 등 하나의 문화로 자리잡았다. 비록 로마에서 기독교가 국교 및 대중 종교로 자리잡은 이후에는 공식적인 중요성을 잃어었지만, 그럼에도 기독교 작가들이 시뷜라의 예언에서 그리스도의 탄생을 읽어내려 한 것을 보면 그 문화적 영향력은 오랫동안 지속된 것으로 보인다. 〈제4목가〉 또한 고대 후기부터 그리스도의 탄생을 예언한 시편으로 여겨졌다. 해설 참조.

33 헤시오도스의 《일과 날》이 전하는 다섯 시대 신화를 암시한다. 사투르누스는 희랍의 크로노스에 해당하는 신으로, 그가 세상을 다스리던 시절 인간은 농사를 짓지 않아도 땅에서 저절로 나오는 식량으로 풍요로운 생활을 영위하며 신들과 자유로이 어울릴 수 있었다. 그러나 시간이 흐르고 인류가 타락하면서 세계는 여러 시대를 거쳐 철 시대에 들어선다. 해설 참조. 따라서 '사투르누스의 왕국이 돌아오며'라는 구절은 황금 시대의 재래再來를 뜻한다. '처녀' 또한 황금 시대를 상징하는 여신으로, 정의의 여신 디케Dikē 또는 아스트라이아Astraia를 가리킨다. 기원전 3세기 희랍 시인 아라토스의 서사시 《성상》에 따르면 본디 그녀는 황금 시대에는 지상에서 인간과 어울리며 '디케', 즉 정의의 여신이라 불렸으나, 이후 인류의 타락을 목격하고 이를 한탄하며 지상을 떠난다. 이 이야기는 역시 헤시오도스에 바탕을 둔 것으로, 헤시오도스는 철 시대에 들어서면서 아이도스Aidōs 여신과 네메시스Nemesis 여신이 인류를 버리고 떠났다는 신화를 전한다. 희랍어로 아이도스는 '염치'를, 네메시스는 '응보'를 뜻하며, 두 여신은 정의의 여신과 대등하게 취급되었다. 이처럼 베르길리우스는 헤시오도스의 이야기를 변주하는 아라토스의 이야기를 다시 변주하여, 황금 시대의 재래를 상징하는 사건으로서 '처녀' 여신의 귀환이라는 주제를 창안하고 있다.

34 루키나Lucina는 출산의 여신으로, 로마의 디아나, 희랍의 아르테미스 여신을 가리킨다. 공화정 시대에는 희랍의 헤라 여신에 해당하는 유노 여신의 별칭이었으나, 아우구스투스 시대부터 디아나에게 적용되었다. 희랍에서도 아르테미스에게 '출산을 돕는eulochos'이라는 별칭이 붙곤 했다.

35 아폴로는 예언을 관장하는 신으로서, 헬레니즘 시대에는 왕족의 혈통을 예언하고 축복하는 신으로 여겨졌다. 아르테미스 여신과 쌍둥이 남매이기도 하다.

36 주26 참조.

37 어떤 식물을 가리키는지 분명하지 않다. 시클라멘의 일종 또는 헬리크뤼소스Helichrysos로 추정된다. 〈제7목가〉 27행에도 언급되며, 현존하는 라틴 운문 작품에서 《목가》에만 등장한다.

38 연꽃의 일종으로 추정된다.

39 메소포타미아 지방의 티그리스강 상류 유역을 가리킨다. 시인은 풍요롭고 이국적인 동방의 이미지를 환기하고 있다.

40 바다의 여신으로, 인간 펠레우스와 혼인하여 아킬레우스를 낳았다. 여기서

는 바다 그 자체를 나타낸다.

41 이아손이 왕의 명령으로 황금 양털을 구하러 영웅들을 모아 원정을 떠나는 아르고호 전설을 시사한다. 전설의 이름에서 알 수 있듯 이때 이아손이 만든 배의 이름이 '아르고'이며, '티퓌스'는 조타수의 이름이다. 헬레니즘 시대의 시인 아폴로니오스 로디오스Apollonius Rhodius는 이 전설을 소재로 서사시 《아르고호 이야기*Argonautica*》를 지었으며, 칼리마코스Callimachus도 《기원담*Aitia*》에서 일부 일화를 다루었다. 이후 〈제6목가〉에도 관련된 일화가 등장하는 것으로 보아, 헬레니즘 문학에서 영향을 받았던 당대 로마 시인들에게 중요한 소재였음을 알 수 있다.

42 여러 비평가를 당황하게 만든 악명 높은 구절이다. 양털이 스스로 색깔을 바꾼다는 상상이 우스꽝스럽게 보이기도 하고, 황금 시대의 요소로 지나치게 화려하고 사치스러운 이미지가 쓰였다는 우려 때문이다. 전승 과정에서 일부 편집자는 후대의 삽입으로 보고 삭제를 제안하기까지 했다. 다수의 비평가는 베르길리우스가 여기서 제시하는 황금 시대 신화에 공상적 요소를 포함시켜 일종의 소격 효과를 의도했다는 견해를 제시한다. 서양 고전기를 상징하는 순백의 대리석 조각상이 사실은 색색으로 채색되어 있었다는 사실이 밝혀져 충격을 주었던 사건이 연상된다. 순백의 선입견에서 벗어나 화려하고 선명했던 고대의 풍경을 상상해 본다면, 이는 새로운 황금 시대의 이미지를 창조하고자 했던 시인의 대담한 시도로 볼 수도 있을 것이다.

43 '파르카Parca'는 본디 로마에서 출생을 관장하는 여신이었으나, 이후 희랍 신화의 운명의 세 여신 '모이라Moira'들과 동일시되었다. 클로토Klōtō가 실을 자아내면 라케시스Lachesis가 그 실을 감고, 아트로포스Atropos가 실을 자른다. 로마에서는 각각 노나Nona, 데키마Decima, 모르타Morta에 해당한다.

44 발칸반도 남동부 지대에 해당한다.

45 주20 참조.

46 리누스Linus, 희랍식으로 리노스Linos는 아폴론과 무사 여신들 중 한 명 사이에 태어난 아들로, 헤라클레스의 어릴 적 스승이었으나 분노한 그에게 죽임을 당했다는 전승이 있는가 하면, 양을 치는 목동이었으나 개들에게 물려 죽었다는 이야기도 있다. 희랍에서는 제의에서 부르는 추도가의 이름이기도 했다. 여기서는 오르페우스와 마찬가지로 신묘한 노래를 부르는 가인으로 언급되고 있다. 〈제6목가〉 67행에서 다시 언급된다.

47 무사 여신들 중 한 명으로 주로 서사시를 관장하지만, 로마 시인들은 서정시나 연가 등에 관해서도 칼리오페를 호명했다.

48 주8 참조.

49 펠로폰네소스 중심부의 산악 지대로, 판의 고향이다. 실제로 목동들이 살던 지방이었으나, 베르길리우스의 목가에서는 목가적 이상향을 상징하는 신화적 공간으로 그려진다. 이후 문학사 및 미술사에서 아르카디아는 문명화된 현실과 유리된 원시적이고 자연적인 풍요의 모티프로 사용된다.

제5목가

50 희랍, 로마 전승에서 '알콘'이라는 이름으로 가장 잘 알려진 인물은 뛰어난 궁술로 아들을 구해낸 아티케의 영웅이다. 그밖에도 스파르타의 한 영웅, 어느 조각가 등이 알콘이라는 이름으로 알려져 있으나, 정확히 누구를 가리키지는 확인할 수 없다. '코드루스'라는 이름은 〈제7목가〉에서 코뤼돈의 경쟁자로 언급되지만, 고대의 주석가 세르비우스는 아테나이의 어느 왕에 관한 전승을 전한다. 그에 따르면, 코드루스는 자신이 지어낸 비방가로 적군을 유인함으로써 자신을 희생하여 도시를 구했다고 한다. 물론 세르비우스의 주석이 타당한지는 분명하지 않다. 현대 연구자들 일부는 베르길리우스 당대의 시인 중 하나를 에둘러 시사하는 것으로 추측하기도 한다.

51 주7 참조.

52 북아프리카의 지중해 연안 지대에 거주하던 민족을 가리킨다. 포이니케스 Phoenices족으로도 불린다. '포이니케'는 지중해 동부의 서아시아 연안 지대를 일컫는데, 본래 이곳에 거주하던 민족이 지중해 연안을 따라서 식민지를 건설했고 그중 하나인 카르타고가 강대국으로 성장하여 로마와 대립했다.

53 아르메니아는 시리아 및 메소포타미아 북부, 아나톨리아 동부의 산악 지대를 가리킨다. 호랑이가 이끄는 수레에 올라탄 모습은 포도주의 신 디오뉘소스(로마 신화의 바쿠스)의 대표적인 이미지로, 그가 동방을 정벌했다는 신화와 연관된다. '나긋한 막대' 또한 디오뉘소스의 신도들이 사용하던 지팡이 '튀르소스thyrsos'를 가리킨다.

54 이탈리아 반도에서 오랫동안 숭배된 목축의 신이다. 베르길리우스는 여신으로 그리나, 세르비우스의 주석에 따르면 바로Varro 등의 저자는 남신으로 그리고 있다. 희랍 신화에는 대응하는 신이 존재하지 않아, 로마의 고유한 문화를 보여주는 신격으로 간주된다. 로마에서는 4월 21일에 '팔릴리아Palilia' 또는 '파릴리아Parilia'라 불리우는 팔레스 여신의 축제를 열었는데, 이날은 로마가 세워진 날로 여겨졌다.

55 문맥상 다프니스를 가리킨다.

56 숲의 뉨프들을 가리킨다.

57 신단altaria은 제의에 사용하는 구조물로, 수평형의 제단ara 위에 수직으로 올려놓을 수 있는 길다란 형태를 지닌 것으로 추정되며, 천상에 거주하는 신들의 우월한 지위를 상징한다. 따라서 메날카스는 네 개의 제단 중 신단이 추가되지 않은 두 개는 다프니스에게, 신단이 추가된 두 개는 포이부스(아폴론)에게 봉헌할 것이라 말하며 다프니스를 기리는 한편으로 포이부스의 우월한 지위를 암시한다.

58 포도주를 그 신의 이름으로 지칭한 것이다.

59 키오스섬 북부 지역으로, 포도주로 유명한 키오스섬에서도 가장 좋은 포도주 산지로 알려져 있었다.

60 신들이 마시는 음료를 가리킨다. 필멸의 인간이 마시면 불멸을 얻게 된다.

61 크레테섬 북동부에 위치한 도리스족의 도시를 가리키며, 이들의 도시 중에
   서도 중요한 곳으로 간주되었다.

62 사튀루스Satyrus 또는 사튀로스Satyros는 야생의 자연에 거주하는 신화적 존재
   로, 주색을 즐기는 남성 인간의 형상으로 표상되었다. 디오뉘소스를 따르는
   무리 중 하나로, 판이나 실레노스 등과 동화되어 반인반수의 형상으로 묘사
   되기도 했다. 주8, 주73 참조.

63 농토 정화lustratio agrorum는 농경지에서 행하던 정화 의식으로, 특히 5월 후
   반기에 행하던 암바르발리아Ambarvalia 축제와 밀접한 연관이 있었다. 농촌에
   서는 보다 작은 규모로, 1월의 파종제Feriae Sementivae와 연관되기도 했다.

64 농경과 곡식의 신으로, 희랍의 데메테르에 대응한다. 바쿠스와 케레스는 그
   들이 지배하는 영역상 본질적으로 농업에 연관되어 있었다.

65 목동이 가축을 돌볼 때 사용하는 지팡이를 가리킨다.

제6목가

66 탈레아Thalea 또는 탈리아Thalia는 무사 여신들 중 한 명으로, 희극의 여신으
   로 여겨진다. 고대 문학 비평에서 희극의 기원은 농촌의 민담으로 간주되었
   기 때문에 목가와도 연관을 맺는다. 희극의 창시자로 여겨진 에피카르모스
   Ephicharmus 또한 쉬라쿠사이 출신으로, 테오크리토스와 동향同鄉이다.

67 테오크리토스의 고향이다. 따라서 '쉬라쿠사이의 노래'란 목가를 가리킨다.

68 '제왕과 전쟁'은 서사시의 전형적인 주제다.

69 퀸투스는 델로스섬 중심부에 위치한 산의 이름이다. 델로스섬은 아폴론의
   출생지로서 그의 영역으로 여겨졌기에, '퀸투스의 신'은 아폴론을 가리킨다.

70 법률가 푸블리우스 알페누스 바루스Publius Alfenus Varus. 크레모나 출신으로
   이탈리아 북부에서 정치적 입지를 확보하여, 기원전 39년에는 보궐 집정관
   을 역임했다. 고대의 베르길리우스 전기에 따르면 만투아의 토지를 재분배
   하는 과정에서 베르길리우스를 보호해 준 것으로 전하지만 확실하지는 않다.
   〈제4목가〉에서 언급된 폴리오와 마찬가지로 집정관 시절 베르길리우스에게
   모종의 혜택을 주었을지 모른다. 특별한 군사적 업적은 알려져 있지 않지만,
   전직 집정관이자 옥타비아누스의 측근이었음을 고려하면 충분히 가능한 일
   이다.

71 파퓌루스 종이 한 장을 가리킨다. 이 종이를 이어 붙여 한 권의 두루마리를
   만들었다.

72 주27 참조.

73 실레누스Silenus 혹은 실레노스Silenos는 디오뉘소스와 연관된 하급 신들 중
   에서도 특별한 지위를 가진 신으로, 고대의 지혜를 간직한 존재로서(19행의
   '늙은이') 디오뉘소스의 스승으로 간주되기도 했다. 예컨대 플라톤의《향연》
   에서 알키비아데스는 소크라테스를 실레노스에 빗댄다(215a-b). 본디 실레
   노스에 관한 별개의 전승이 존재했으나, 사튀로스 및 디오뉘소스 신화와 연

관되면서 사튀로스들의 아버지 또는 우두머리로 여겨졌다.

74 바쿠스의 별칭 중 하나로, 여기서는 포도주를 환유한다.

75 넘파의 이름으로, 희랍어 '아이글레aiglē'는 빛살, 광채를 뜻한다.

76 강의 요정들을 일컫는다. '나이스'의 복수 형태다.

77 핏빛 또는 자줏빛은 로마 종교 제의에서 신적 존재, 특히 바쿠스 제의와 수확제 등 농경에 관련된 신들의 지위를 상징했다.

78 성적 암시가 들어 있다. 사튀로스는 야생의 활발한 생명력을 상징했고, 이는 또한 풍요와 다산, 쾌락과 야성을 관장하는 디오뉘소스의 신격과 연관된다.

79 본래 이탈리아에서 숭배되던 신으로, 야생의 숲에서 살아가는 반인반수의 모습을 하고 있어 이후 판 또는 사튀로스와 동일시되었다.

80 그리스 중부에 위치한 산으로, 남쪽 경사면에 아폴론의 성지 델피가 자리 잡고 있다.

81 로도페는 트라키아 서부와 마케도니아를 가르는 산맥의 이름이며, 이스마루스는 트라키아 남부에 위치한 산의 이름이다. 두 산 모두 오르페우스 및 디오뉘소스 숭배와 연관되어 있었다.

82 허공inane은 에피쿠로스 원자론의 근본적 요소다. 루크레티우스, 《사물의 본성에 관하여》(1.1018, 1103) 참조. 하지만 이어지는 우주생성론은 에피쿠로스보다는 오히려 엠페도클레스의 것에 가깝다.

83 해신海神 폰투스Pontus의 아들로, 특히 에게해의 신으로 여겨진다.

84 데우칼리온Deucalion과 퓌라Pyrrha 부부 이야기를 암시한다. 청동 시대 인류가 저지른 악행에 분노한 제우스는 대홍수를 일으켜 인류를 절멸시키고자 했는데, 데우칼리온과 퓌라는 프로메테우스의 조언에 따라 방주를 만들고 그 안에서 아홉 낮과 아홉 밤을 지내며 살아남았다. 이후 육지에 상륙하여 신탁에 따라 등 뒤로 돌을 던지자 그 돌에서 사람이 자라났다. 희랍 사람들은 그들이 최초의 현생 인류라고 믿었다.

85 〈제4목가〉의 주제인 황금 시대를 암시한다. 주33 참조.

86 프로메테우스Prometheus는 티탄 신족 중 한 명으로, 그 이름은 '앞서 생각하는 사람'이라는 뜻이다. 제우스의 명을 어기고 불을 훔쳐 인류에게 전해 준 대가로 결박당한 채 독수리에게 간을 쪼아먹히는 형벌을 받는다. 물론 신족인 프로메테우스의 간은 매일 새로 자라났으므로, 형벌의 고통은 이후 헤라클레스가 그를 풀어줄 때까지 이어졌다. 카우카소스는 흑해와 카스피아해 사이의 지역 또는 그 지역 일대에 자리한 산맥의 이름이다. 헤시오도스의 《신통기》는 프로메테우스가 어느 기둥에 결박되었다고 말하지만, 베르길리우스는 아이스퀼로스의 위작으로 추정되는 비극 《결박당한 프로메테우스》를 따라 카우카소스산맥의 암벽에 결박된 것으로 그리고 있다.

87 휠라스Hylas는 헤라클레스의 연동戀童으로, 그의 이야기는 아폴로니오스의 《아르고호 이야기》에 전한다. 아르고호 원정대가 뮈시아섬의 키오스에 들렀을 때, 휠라스는 무리에서 떨어져 저녁 식사를 위한 물을 찾다가 샘을 발견

한다. 휠라스가 몸을 숙여 샘물에 손을 담그자마자 그의 아름다움에 반한 넘파가 그를 물속으로 끌고 들어간다. 이때 원정대의 일원 폴뤼페모스가 휠라스의 비명을 듣고서 그를 찾지만 결국 발견하지 못하고 헤라클레스에게 소식을 전한다. 헤라클레스는 연인을 잃어버린 분노와 슬픔에 울부짖었고, 그사이 아르고호는 떠나고 만다. 이후 키오스에서는 휠라스를 추념하는 제의가 열렸고, 이 제의에서 사제는 마치 헤라클레스가 휠라스의 이름을 부르듯 휠라스의 이름을 세 번 외쳤다고 한다. 테오크리토스의 〈제13목가〉에서도 이 이야기가 반복된다. 이처럼 휠라스 이야기는 시인들이 매우 아낀 소재였기에, 베르길리우스는 《농가Georgica》에서 이렇게 쓴다. "소년 휠라스를 노래하지 않은 이 누가 있던가?"(3.6)

88 파시파에Pasiphaë는 크레테의 왕 미노스의 왕비다. 신화에 따르면, 포세이돈의 도움으로 왕좌를 차지한 미노스가 약속한 공물을 바치지 않자 포세이돈이 바다에서 아름다운 소를 보내 제물로 바치라 하였다. 그러나 미노스는 그소가 탐이 나 다른 소를 제물로 바쳤고, 이에 분노한 포세이돈이 파시파에로하여금 그 소를 사랑하게 만들었다. 그로부터 태어난 것이 반인반우半人半牛의 형상을 한 미노타우로스Minotauros다.

89 아르골리스의 왕 프로이토스의 세 딸은 헤라의 목상木像을 조롱한 대가로, 또는 디오뉘소스 제의를 거부한 대가로 자신이 소로 변했다고 착각하는 벌을 받았다. 그들은 예언자 멜람포스가 치유할 때까지 들판을 떠돌았다.

90 크레테섬 동부에 위치한 산. 제우스가 딕테산의 동굴에서 자랐다고 전한다.

91 크레테섬에 있는 도시. 잎이 떨어지지 않는 신비한 플라타너스가 자라며, 그나무 근처에서 제우스가 황소로 변하여 에우로파와 관계를 맺었다고 전한다.

92 파시파에의 말을 직접 화법으로 옮기고 있다.

93 헤스페루스Hesperus는 저녁별, 즉 금성을 가리키며, 신화에서는 새벽의 여신에오스와 인간 케팔로스 또는 티탄 이아페토스 사이에 태어난 아들로 간주된 신이다. 그의 딸들은 극서極西의 땅 헤스페리아에서 황금 사과가 열리는 정원을 지키고 있다.

94 보이오티아의 공주 아탈란타Atalanta를 가리킨다. 아탈란타는 구혼자들에게 자신과 결혼하려면 달리기 경주에서 이겨야 하고, 패배하면 목숨을 내놓아야 한다는 조건을 내걸었다. 여러 구혼자가 죽음을 맞이했으나, 히포메네스는 아프로디테에게 받은 황금 사과를 이용한다. 달리는 도중 황금 사과를 던져서 그에 홀린 아탈란타가 사과를 주우러 간 사이 그녀를 추월한 것이다. 결국 히포메네스는 그녀를 이기고, 아탈란타는 히포메네스를 사랑하게 된다. 그러나 두 사람은 퀴벨레 여신의 성림聖林에서 관계를 맺었고, 이에 분노한 여신은 두 사람을 사자로 변신시켜 자신의 전차를 끌도록 만든다.

95 파에톤은 태양의 신 헬리오스의 아들로, 무모하게 아버지의 태양 마차를 몰다가 죽음을 맞이하였다. 자매들은 파에톤의 죽음에 슬퍼한 나머지 나무로변했고, 그들이 흘린 눈물은 호박琥珀이 되었다고 한다.

96 시인의 노래가 마치 실제 행위인 것처럼 기술되고 있다. 이러한 서술 기법을 '포에타 크레아토르poeta creator'(시인-창조자)라 부르며, 현대 서사학에서 말하는 메타렙시스Metalepsis 기법의 한 형태로 볼 수 있다.

97 페르메수스강은 보이오티아 지역의 헬리콘산에 있는 강이다. 헬리콘산은 일찍이 무사 여신들의 성지로 여겨졌다.

98 당대의 정치가이자 시인이었던 가이우스 코르넬리우스 갈루스Gaius Cornelius Gallus를 가리킨다. 카툴루스, 칼부스, 티불루스 등과 함께 소위 '신시파新詩派, neôteroi'의 주요 일원이었다. 오비디우스가 로마 문학 고유의 장르인 연가의 선구자로 언급할 정도로(《비가Tristia》 4.10.53-54) 강력한 문학적 영향력을 행사한 것으로 보이나, 그의 작품은 몇 줄의 단편만이 남아 있다. 앞서 언급된 폴리오와도 정치적으로, 아마 문학적으로도 긴밀한 관계에 있었다. 〈제10목가〉에서 주요한 인물로 다시 등장한다.

99 무사 여신들을 가리킨다.

100 헬리콘산 일대를 가리킨다.

101 주46 참조.

102 호메로스와 함께 희랍 서사시의 쌍벽으로 간주되는 헤시오도스를 가리킨다. 아스크라는 보이오티아 지역 헬리콘산 근처의 마을로, 헤시오도스의 고향이다. '노인'은 헤시오도스가 교훈시 전통의 대표자임을 암시한다. 이 노래를 들려주는 실레노스 또한 19행에서 '늙은이'로 지칭된 바 있다.

103 그뤼니움Grynium 또는 그뤼니온Grynion은 소아시아 지역 아이올리스에 있는 마을로, 그 숲은 아폴론에게 성지로 바쳐졌다고 한다.

104 두 전승이 혼합되어 있다. 메가라의 왕 니소스의 딸 스퀼라는 메가라를 공격하던 크레테의 왕 미노스를 사랑하여, 아버지의 목숨을 지켜주던 그의 머리카락을 잘라 미노스에게 바쳤다. 그러나 미노스는 그녀의 사랑을 거절했고, 스퀼라는 함선을 타고 본국으로 돌아가는 미노스를 쫓아 바다에 뛰어들며 '키리스ciris'라는 이름의 물새로 변했다. 이 이름은 '자르다'를 의미하는 희랍어 'keirō'를 연상시키며, 그녀의 불행을 암시한다. 위작일 가능성이 높지만, 베르길리우스의 습작을 모은 《베르길리우스 부록Appendix Vergiliana》에는 이 신화를 다룬 〈키리스Ciris〉가 수록되어 있다. 한편 《오뒷세이아》에 등장하는 유명한 바다 괴물 스퀼라는 개와 유사한 외형에 머리는 여섯 개, 다리는 열두 개로, '갓 태어난 강아지skulax'의 소리를 내면서 물고기를 잡아먹는다. 아폴로도로스 등의 신화 작가들은 두 전승을 구별했지만, 라틴 문학 작가들은 두 전승을 자유롭게 혼합했다. 베르길리우스의 시구 또한 여성의 욕망을 암시하는 '하이얀 허벅지'를 바다 괴물의 흉측한 외형 및 강력한 힘에 관한 묘사와 결합하고 있다.

105 오뒷세우스가 트로이아 원정을 떠나기 전에 지배하던 왕국들 가운데 하나로, 오뒷세우스를 시사하는 표현이다.

106 오비디우스가 전하는 신화에 따르면, 트라키아의 왕 테레우스는 아내인 프

182

로크네의 여동생 필로멜라에게 빠져 그녀를 강간하고 혀를 잘라 외양간에 가두었다. 테레우스는 프로크네에게 필로멜라가 죽었다고 말했지만, 필로멜라는 베틀로 천에 글자를 짜넣어 사연을 언니에게 전했다. 진실을 알게 된 프로크네는 테레우스에게 복수하고자 필로멜라를 구출하고 그녀와 함께 테레우스의 아들 이튀스를 죽인 뒤 그 살을 요리해 테레우스에게 대접했다. 진실이 밝혀지고 테레우스가 도망가는 자매를 쫓자 셋 모두 새로 변한다(《변신 이야기》 6.424-674). 베르길리우스의 시구에서는 프로크네의 역할이 불분명한데, 이는 기존 전승에서 필로멜라와 프로크네가 동일시되었기 때문으로 보인다. 예컨대 현존하지 않는 소포클레스의 비극 《테레우스》에 따르면 프로크네는 나이팅게일로, 필로멜라는 제비로 변하는데, 역시 현존하지 않는 필로클레스의 비극 《테레우스 또는 후투티》에서는 프로크네가 제비로, 필로멜라가 나이팅게일로 변한다.

107 아폴론의 성소 델피가 위치한 파르나소스산에 흐르는 강의 이름이다.

제7목가

108 주49 참조.

109 베르길리우스의 고향인 만투아 지방의 강이다.

110 참나무는 제우스의 나무다. 제우스가 어렸을 때 딕테산의 동굴에서 꿀벌들이 그에게 꿀을 먹여 키웠다고 한다.

111 '리베트라'라는 지명으로 전해지는 곳은 두 군데가 있다. 우선 보이오티아의 헬리콘산 근처에 리베트리우스라는 이름의 산이 있었고, 그곳의 샘물이 '리베트리아스'로 불렸다. 또 마케도니아의 도시 가운데 피에리아(주27 참조) 지역에도 '리베트라'라는 이름의 도시가 있었다. 고대 저자들 또한 종종 두 장소를 혼동했다.

112 신화에 따르면 뉨파 피튀스Pitys는 목신 판의 사랑을 거부하다가 소나무로 변신했다(희랍어로 '피튀스'는 소나무를 뜻한다). 소나무에 풀피리를 매달아 놓는다는 것은 목동이 노래를 그만둔다는 뜻이다.

113 '시인poeta'이 작시의 기술적 측면을 강조한다면, '가인uates'은 노래의 예언적, 제의적 측면을 강조한다.

114 희랍의 아르테미스, 로마의 디아나 여신을 가리킨다. 델로스섬은 아폴론과 아르테미스가 태어난 곳이다. 주69 참조.

115 '미콘'이라는 이름은 희랍어로 '작다'를 뜻하는 'mikros'의 방언 'mikos/mikkos'를 시사한다.

116 디오뉘소스의 아들로, 다산과 번영의 신이다. 정원과 포도밭에 그의 조각상이 세워지곤 했다.

117 해신海神 네레우스의 딸로, 바다의 요정이다.

118 주2 참조.

119 이탈리아반도 서쪽에 위치한 섬으로, 지중해에서 시칠리아에 이어 두 번째

로 큰 섬이다.

120 코뤼돈의 선창을 받아서, 오지 않는 갈라테아를 기다리는 코뤼돈의 심정을 상상한 것이다. 짝사랑을 기다리는 마음에 한낮은 한 해만큼 길어진다.

121 가축의 머릿수를 뜻한다.

122 본디 이탈리아에서 풍요와 포도주의 신으로 숭배되었으며, 이후 희랍의 디오뉘소스와 동일시되었다.

123 헤라클레스를 가리킨다. 그리스 각지를 여행하며 유적지나 제의 등에 얽힌 신화와 전승을 채록한 기행문《헬라스 순례기Hellados Periēgēsis》를 지은 2세기의 작가 파우사니아스Pausanias에 따르면, 헤라클레스가 그리스 북서부 에페이로스 지방의 테스프로티아에서 그리스로 백양나무를 가지고 왔다고 한다. 또한 고대 주석이 전하는 신화에 따르면, 헤라클레스가 저승에서 돌아올 때 영웅들이 죽은 뒤에 간다는 낙원 엘뤼시온에서 백양나무 잎사귀로 머리를 장식했다고 한다.

제8목가

124 '다몬'과 '알페시보이우스'라는 이름은 모두 희랍 목가 전통에서는 확인되지 않는다. '알페시보이우스'라는 이름은 희랍어로 '소를 가져오는 사람'이라는 뜻이다.

125 폴리오로 추정된다. 주26 참조.

126 티마부스강은 이탈리아반도의 북동부, 아드리아해 연안, 슬로베니아와 인접한 국경 지대의 도시 트리에스테에 흐르는 강이다. 크로아티아에서 발원하여 슬로베니아의 지하도를 거쳐 흘러온 원류가 절벽 아래에서 분출하여 단 2킬로미터를 흘러 트리에스테만으로 흘러드는데, 지금은 '티마부스의 입'이라 불리는 분출구 앞에 하중도河中島가 있어, 여기서 '바윗돌saxa'로 불린다. 베르길리우스는《농가》에서도 이 강의 이름을 언급하고(3.475),《아이네이스》에서도 강물이 분출하는 광경을 신화적 색채를 더해 묘사한다(1.244-246).

127 아드리아해의 동부 연안 지대로, 현재의 발칸반도 서부를 가리킨다.

128 이 시가 폴리오에게 헌정되었다고 가정하면, '업적'이란 기원전 39년 당시 마케도니아 속주 총독으로서 일뤼리쿰 남부 지방에서 파르티니족의 반란을 제압한 것을 가리킨다. 일반적으로 일뤼리쿰 지방에서 로마로 귀환할 때는 아드리아해를 횡단하여 브룬디시움을 통과하는 경로를 사용했지만, 폴리오는 과거에 관리로 있었던 갈리아 키살피나 지방의 군인들을 모집하기 위해 해안선을 따라 티마부스강 쪽으로 향하는 경로를 택했을 가능성이 높다. 또는 일뤼리쿰 북부 지방에서 또 다른 반란이 있었을 가능성도 있다.

129 희랍 3대 비극 시인 중 한 명이다. 대표작으로 테바이 왕가의 이야기를 다룬 3부작《안티고네》,《오이디푸스 왕》,《콜로노스의 오이디푸스》가 전한다. 폴리오는 비극 작품을 썼다고 알려져 있다.

130 아르카디아에 있는 산의 이름이다. 주49 참조.

131 주9 참조.

132 뉘사와 몹수스의 관점에서 '우리'라는 주어를 쓰고 있다. 하지만 이어지는 두 행은 부조리한 일들을 서술하므로, 두 사람의 결합을 불합리한 것으로 바라보는 화자의 관점을 내포한다.

133 독수리의 머리와 날개, 그리고 사자의 몸통으로 이루어진 신화적 동물이다. 영어로는 '그리핀griffin'이라 부른다.

134 편집자가 추가한 행이다. 주19 참조.

135 신부의 집에서 결혼식을 치른 뒤 그 집의 화로에서 불을 옮긴 횃불과 함께 신랑이 신부를 자신의 집으로 이끌면, 하객들은 신랑, 신부와 함께 길 위에 호두를 뿌리고 결혼의 신 휘멘을 부르며 신랑의 집까지 행진하는 것이 로마의 결혼식 관습이었다. 카툴루스의 〈제61가〉가 로마의 결혼식 풍습을 생생하게 묘사한 것으로 유명하다.

136 오이타산은 희랍 중부, 테살리아 지방의 남동쪽에 위치한다. 저녁별Hesperus과 오이타산은 카툴루스 〈제62가〉에서도 중요한 모티프로 활용되는 것을 보아 축혼가epithalamium 장르와 밀접한 연관이 있었던 것으로 보인다. 그 연관에 관한 설득력 있는 해석은 이렇다. 희랍 신화에서 가장 유명한 결혼식 가운데 하나로 아킬레우스의 부모인 펠레우스와 테티스의 결혼식이 있는데, 현존하는 전승 다수는 이 결혼식이 펠리온산에서 열렸다고 전한다. 그러나 일부 전승 또는 유물에 그려진 그림은 프티아에 위치한 펠레우스의 궁전에서 결혼식이 열린 것으로 묘사한다. 그런데 겨울의 프티아에서는 저녁마다 오이타산 위로 떠오르는 저녁별을 볼 수 있으며, 희랍에서는 결혼식을 겨울에 치르는 전통이 있었다. 따라서 이들의 결혼식이 펠레우스의 궁전에서 열렸다면, 해가 지고 나서 오이타산 위로 떠오르는 저녁별을 볼 수 있었을 것이다. 이런 이유에서 저녁별과 오이타가 결혼식을 암시하는 모티프가 되었다는 것이다.

137 신들이 인간의 세상에 관심을 두지 않는다는 것은 에피쿠로스 학파의 주요한 주장 중 하나이다. 고대 주석은 이 구절을 19-20행과 연관 지어 사랑의 맹세를 어긴 뉘사를 에둘러 저주하는 표현으로 해석하지만, 앞서 '저녁별과 오이타'의 모티프가 펠레우스와 테티스의 결혼을 암시한다면, 이는 뉘사가 자신을 마치 테티스 여신처럼 여긴다는 함의를 담은 것일 수도 있다. 이 경우 '어울리는 남편과 맺어졌구나'라는 31행의 시구 또한 인간 펠레우스와 여신 테티스의 결혼이 내포한 불균형을 시사할 수 있다. 펠레우스와 테티스의 결혼식을 소재로 다룬 카툴루스 〈제64가〉 또한 이러한 주제를 암시한다.

138 고대 로마에서는 14-16세에 성인식을 치렀다.

139 사랑의 신으로, 희랍의 에로스와 동일하다. 음악과 노래를 무사 여신의 이름으로 칭하듯이 사랑 또한 아모르의 이름으로 칭하고 있다.

140 희랍 북서부 에페이로스 지방의 산이다.

141 주81 참조.

142 사하라 동부에서 활동하던 부족이다. 당대 로마에서는 세계의 최남단에 산다고 여겨졌다.

143 콜키스의 왕녀이자 마녀였던 메데이아를 암시한다. 이아손을 사랑하여 그가 황금 양털을 찾을 수 있도록 도와주었으나, 이아손이 그녀를 버리고 코린토스의 공주와 결혼하자 복수를 결심하고 이아손과의 사이에서 낳은 자식들을 제 손으로 죽인다.

144 사랑의 신 아모르Amor를 가리킨다.

145 기원전 7세기 경 레스보스섬 출신의 가인이다. 전승에 따르면 이탈리아 남부에서 코린토스로 배를 타고 가는 길에 선원들에게 목숨을 빼앗길 위험에 놓였으나 마지막으로 노래할 기회를 얻었고, 노래를 들은 돌고래들이 찾아와 바다에 던져진 그를 구해주었다고 한다.

146 《오뒷세이아》에 등장하는 마녀로, 태양신 헬리오스Helios와 바다의 요정 페르세Persē의 딸이다. 마법으로 오뒷세우스의 동료들을 돼지로 변신시키지만, 오뒷세우스는 헤르메스의 도움으로 키르케의 마법에 저항하는 약초를 받아 위험에서 벗어난다. 이후 키르케는 오뒷세우스를 사랑하여 1년 동안 함께 지낸 뒤에 예언의 힘으로 오뒷세우스가 겪게 될 시련들과 저승 기행에 대해서 알려준다. 그런데 《오뒷세이아》의 묘사에 따르면 키르케는 동료들에게 '해로운 약'(12.236)을 주고 그들을 '지팡이로 톡톡 쳐서'(238) 돼지로 변신시킨다. 베르길리우스의 변주는 아마도 그들이 키르케의 노랫소리에 이끌려 그녀를 부르는 장면에 모티프를 두는 듯하다(220-229).

147 오뒷세우스의 로마식 이름이다.

148 이어지는 시행에서 명시되듯 실제 대상이 아니라 그를 상징하는 모상模像을 가리킨다.

149 '신'의 정체는 명시되지 않으나, 고대 주석에서 지적하듯 헤카테를 시사한다. 헤카테는 마법과 주술의 여신이자 경계를 수호하는 여신으로, '셋'이라는 수와 여러모로 연관이 있다. 이를테면 헤카테 여신은 세 개의 얼굴 또는 몸을 가진 도상으로 묘사되었고, 세 갈래 갈림길마다 각각의 방향을 가리키는 모습의 조각상이 세워졌다. 그녀의 신격 또한 프로세르피나(희랍의 페르세포네), 디아나(희랍의 아르테미스), 루나(희랍의 셀레네) 등 세 여신이 통합된 것으로 여겨졌다.

150 흑해 남부 연안 지대를 가리킨다. 다양한 종류의 독초가 자라는 것으로 알려져 있었다. 메데이아의 고향인 콜키스도 폰토스 동부에 위치한다.

151 주문을 외우면 밭에 심은 곡식을 다른 밭으로 옮길 수 있다는 믿음이 있었다. 로마 최초의 성문법인 12표법에도 '곡식을 주문으로 유출誘出하는 자는Qui fruges excantassit…'이라는 조항이 있다. 텍스트가 손실되어 자세한 내용은 알 수 없지만, 성문법에 명시될 정도로 중대한 범죄로 간주되었음을 알 수 있다.

152 105-106행의 화자를 아마륄리스로 보아 인용구로 표시하는 미너스Mynors의 편집 대신, 콜먼Coleman 및 쿠키아렐리Cucchiarelli의 주석을 따라서 화자가

바뀌지 않는 것으로 읽는다.

153 희랍어로 '휠락테인hulaktein'은 '짖다'를 뜻한다. 따라서 '휠락스Hylax'라는 이름은 '짖는 것' 정도로 옮길 수 있으며, 개의 이름으로 적절하다. 개가 짖는다는 것은 누군가 나타났음을 암시한다.

154 105-106, 또는 105-107행을 화자의 제의를 보조하는 하녀 아마뤼리스의 대사로 보는 경우가 많다. 하지만 콜먼은 아마뤼리스를 화자 자신의 이름으로 보는 독해를 제기하며(이 경우 76-77행, 101행에서 아마뤼리스를 부르는 대사는 자기 자신을 향한 것이 된다), 쿠키아렐리는 화자와 아마뤼리스를 별개의 인물로 보기는 하지만 여기서 아마뤼리스의 대사가 삽입되는 것은 어색하다고 본다. 역자도 이들의 견해를 따라 화자의 독백이 이어지는 것으로 옮긴다.

제9목가

155 전쟁의 신으로, 본디 이탈리아에서 농경 및 전쟁과 연관된 신이었으나 이후 희랍의 아레스와 동일시되었다.

156 '카오니아'는 희랍 에페이로스 지방의 북서부 지역을 가리킨다. 여기서 '비둘기'가 언급되는 까닭은, 카오니아 지역에 살던 펠라스기족의 성지聖地 도도나에서 제우스의 신탁을 전하던 무녀들이 '비둘기들peleiades'이라 불렸기 때문이다. 헤로도토스가 전하는 전승에 따르면, 검은 비둘기가 이집트 테바이에서 도도나로 날아와 인간의 말을 하면서 제우스의 성지를 세우라 명했다고 한다. 그러나 헤로도토스는 이에 자신의 견해를 덧붙여, 처음에 도도나로 온 이집트인 무녀의 말을 알아듣기 어려웠던 도도나 사람들이 그것을 새의 소리처럼 생각해 비둘기라 부르게 되었을 것이라고 한다.

157 로마에서는 새들의 행태를 관찰하여 점을 쳤다. 까마귀가 왼쪽에서 나타나는 것은 중요한 징조로 간주되었으며, 희랍과 달리 로마에서 왼쪽은 길조로 해석되었다.

158 포에타 크레아토르 기법을 활용했다. 주96 참조.

159 만투아는 갈리아 키살피나(알프스산맥 이남의 갈리아 지대), 즉 현재의 이탈리아 북부에 위치한 마을로, 베르길리우스의 고향이다. 크레모나 또한 마을의 이름으로, 지리적으로 만투아와 매우 가깝다. 고대 주석에 전하는 베르길리우스 전기에 따르면 만투아에 앞서 크레모나에서 토지 몰수가 이루어졌고 그 담당자가 바루스였으며, 베르길리우스 덕분에 만투아 사람들이 소유권을 되찾았다고 한다. 이 전승이 사실일 가능성도 있지만, 토지 몰수에 관련하여 베르길리우스가 실제로 겪은 피해 및 그가 미친 영향에 관해서는 논쟁의 여지가 많다. 〈제1목가〉 해설 참조. 바루스에 관해서는 주70 참조.

160 희랍 신화에서 백조는 아폴론과 연관되어 시를 상징하는 새로 여겨졌다.

161 코르시카섬의 희랍 이름이다. 쓴맛의 벌꿀이 나오는 산지로 알려져 있었다.

162 주목은 독성이 있어 양봉에 해로운 식물로 여겨졌다.

163 루키우스 바리우스 루푸스Lucius Varius Lufus. 마이케나스의 후원을 받던 시인들 가운데 하나로, 베르길리우스와도 친밀한 관계였다. 베르길리우스와 마찬가지로 에피쿠로스 철학을 배웠다. 당대의 역사적 인물을 다루는 서사시와 찬가, 비극 작품으로 유명했으나, 현존하는 것은 단편들뿐이다. 베르길리우스 사후 시인 플로티우스 투카Plotius Tucca와 함께 《아이네이스》 미완성 원고를 편집했다. 해제 참고.

164 가이우스 헬비우스 킨나Gaius Helvius Cinna. 이탈리아 북부 출신의 시인으로 카툴루스의 친구였으며, 신시파의 일원으로 주로 서정시와 단시를 창작했다. 칼리마코스의 영향을 받은 현학적인 소서사시epyllion 《즈뮈르나Zmyrna》로 명성을 얻었다. 폴리오와도 교류하여 그에게 헌정하는 환송시propemtikon를 지은 것으로 알려져 있다. 그의 작품 또한 거의 남아 있지 않다. 카이사르의 장례식에서, 카이사르의 암살자 중 하나인 루키우스 코르넬리우스 킨나Lucius Cornelius Cinna와 그를 혼동한 군중에게 공격을 받아 비극적인 최후를 맞았다.

165 디오네 여신은 오케아노스 신과 테튀스Tethys 여신의 딸로, 아프로디테, 즉 베누스 여신의 어머니다. 호메로스의 시에서는 베누스와 별개의 신격이지만, 헬레니즘 및 로마 문학에서는 베누스 여신과 동일한 신격으로 취급되기도 했다. 카이사르의 가문 율리우스 가家는 그 혈통의 시조를 로마의 모태가 되는 국가 알바 롱가의 창건자 아스카니우스라 주장했는데, 아스카니우스는 베르길리우스의 서사시 《아이네이스》의 주인공 아이네아스의 아들이며, 아이네아스의 어머니는 베누스다. '카이사르의 별'에 관해서는 〈제5목가〉 해설 참조.

166 사람이 늑대를 발견하기 전에 늑대가 먼저 사람을 보면 목소리를 잃는다는 미신이 있었다.

167 세르비우스는 '비아노르'를 만투아의 전설 속 창건자 영웅 오크누스Ocnus와 동일시하지만, 이는 신빙성이 떨어진다. 현대 주석가들은 기원전 1세기의 시인 멜레아그로스Meleagros가 편집한 시선집 《화환Stephanos》에 전하는 시인 디오티모스Diotimus의 단시 중 하나와 연관이 있을 것으로 추정한다. "무엇 때문에 산통을 견디고, 무엇 때문에 아이를 낳는가, / 낳는 어머니가 아이의 죽음을 보게 될 뿐이라면. / 결혼도 하지 않은 비아노르의 무덤에 어머니는 흙을 뿌리네, / 그러나 이 일은 아이가 어머니에게 하는 것이 좋았을 것이네." 한편 호메로스의 《일리아스》에서는 비아노르가 아가멤논에게 죽임을 당하는 트로이아 영웅의 이름으로 언급되기에, '비아노르의 무덤'은 비극적 울림을 의도한 표현일 수 있다.

168 메날카스를 가리킨다.

제10목가

169 강의 요정이며, 시킬리아 동부 쉬라쿠사이의 오르튀기아섬에 있는 샘의 이름이기도 하다. 전승에 따르면, 아레투사가 아르카디아에 있는 알페우스강에서 목욕을 하던 중 강의 신이 그녀를 겁탈하려 하자 아르테미스가 그녀를 강으로 변신시켰고, 강으로 변한 아레투사는 바다 아래로 흘러 오르튀기아섬에서 샘으로 솟아났다고 한다. 이 점에서 아레투사는 아르카디아와 시킬리아의 연관을 암시하면서 목가의 원천을 상징한다.

170 주98 참조.

171 로마 연가 장르에서는 시인이 사랑하는 여성을 수신자로 삼는 것이 일반적이다. 프로페르티우스의 퀸티아Cynthia, 티불루스의 델리아Delia 등이 그러하다. 물론 이들 이름은 허구의 것으로, 어떤 실존 인물을 가리키는지에 관해서는 논쟁의 여지가 있다. 세르비우스에 따르면 '뤼코리스'는 연극배우이며 마르쿠스 안토니우스의 애인이었던 퀴테리스Cytheris를 가리킨다고 한다.

172 주5 참조.

173 대양의 신 오케아노스의 딸들 중 하나로, 여기서는 바다, 특히 시킬리아의 바다를 환유한다. 바닷물은 흔히 '쓰다'고 표현되었다. 이는 목가를 상징하는 아레투사의 순수함, 담수의 달콤함과 대비를 이룬다. 동시에 도리스는 그리스에 거주하던 한 민족의 이름이자, 그들이 사용하던 방언의 이름이기도 하다. 시킬리아 또한 도리스 민족의 식민지였으며, 테오크리토스의 목가 또한 도리스 방언을 기초로 한다. 따라서 이 구절은 베르길리우스가 라틴어로 목가를 재구축하면서 도리스 방언의 영향을 제거하겠다는 메타적 언명으로 해석할 수도 있다.

174 강의 요정들을 일컫는 '나이스'의 복수 형태다. 제6목가 21행처럼 '나이아데스'로 쓰기도 한다.

175 주80 참조.

176 테살리아와 에페이로스의 경계를 이루는 산맥이다.

177 주100 참조.

178 헬리콘산의 기슭에 있는 샘으로, 무사 여신들의 성림 근처에 있다.

179 주130 참조.

180 아르카디아 지방 알페우스강(주169 참조) 인근의 산이다. 제우스와 판의 성지다.

181 뛰어난 아름다움을 가진 소년으로 아프로디테의 사랑을 받았으나, 사냥에 가서 멧돼지에게 치명상을 입어 아프로디테의 품에서 피를 흘리며 죽었다. 이때 아레스나 아르테미스, 또는 아폴론이 멧돼지를 보냈다는 판본도 전해진다. 아도니스가 죽은 자리에서는 아네모네꽃이 피어났다.

182 숲의 신으로, 이탈리아의 오래된 신이다.

183 주8 참조.

184 대체로 뤼코리스를 향한 사랑으로 인해 '다른 남자'(23)와 전장에 있는 뤼코

리스를 상상하는 것으로 해석되나, '전쟁에 대한 사랑' 때문에 실제로 전쟁에
나가서 뤼코리스를 떠올리는 것으로 읽는 해석도 있다.

185 갈리아와 게르마니아의 경계를 이루는 강으로, 현재의 라인강이다.

186 '칼키스'는 희랍의 에우보이아섬에 있는 도시의 이름이다. 기원전 3세기 시
인 에우포리온Euphoriōn의 고향으로, 에우포리온은 신화를 소재로 하는 육각
운 시와 여러 단시를 지은 것으로 알려져 있다. 키케로는 신시파 시인들이
에우포리온을 모범으로 따랐다고 보고하며, 갈루스는 그의 시를 라틴어로 번
안했다고 한다.

187 아르카디아의 남동부 경계를 이루는 산이다. 아탈란타 이야기(주94 참조)의
배경이기도 하다.

188 서아시아 지대, 카스피해 동남부에 이란계 유목민들이 세운 고대 국가로, 궁
술로 유명했다.

189 크레테의 도시로, 크레테 전체를 가리키는 별칭으로도 사용되었다. 크레테
인 또한 궁술로 유명했다.

190 사랑의 신 아모르를 가리킨다.

191 숲의 요정들을 가리킨다.

192 트라키아 지방의 강이다.

193 '시토니Sithōnii'는 트라키아 지방, 칼키디케 반도 중부에 거주하던 부족의 이
름으로, 해당 지역을 '시토니아'라고 불렀다.

194 북반구에서 황도를 따르는 태양의 겉보기 운동을 관찰하면 하지 무렵 태양
이 게자리에 들어와서 이후 한 달 동안 게자리를 통과한다.

195 이집트 최남단부 사막 지대를 가리킨다. 현대 국가 에티오피아의 영토와는
차이가 있다.

196 특정 나무 아래의 그늘에서 잠을 자면 두통이 생긴다는 믿음이 있었다. 루크
레티우스, 《사물의 본성에 관하여》(6.783-785) 참조.

《목가》에 관하여

1. 시인의 생애

로마의 시인 푸블리우스 베르길리우스 마로Publius Vergilius Maro는 기원전 70년 10월 15일 이탈리아 북부의 만투아에서 태어나 기원전 19년 9월 21일 이탈리아 남부의 항구 도시 브룬디시움에서 눈을 감았다. 시인은 임종을 앞두고 자신의 묘비에 새겨질 단시를 남겼다고 한다.

> Mantua me genuit, Calabri rapuere, tenet nunc
> Parthenope: cecini pascua, rura, duces.
> 만투아는 나를 낳았고, 칼라브리아가 채어갔으며, 지금 지닌 곳은
>   파르테노페. 노래하였노라, 초원과 농경과 장수를.

단시의 말미가 밝히듯 시인은 세 편의 작품을 남겼다. 첫 번째 작품은 짧게는 60여 행, 길게는 110여 행으로 이루어진 시편 10편을 엮은 《목가Bucolica》로, 목가적인 정경 묘사 속에 로마의 정치적 현실이나 신화 및 우주론과 같은 다양한 테마를 담아낸다. 두 번째 작품은 약 550여 행

의 장시를 한 권으로 삼아 총 4권으로 묶은 《농가*Georgica*》
로, 농경에 관련된 지식을 전수하는 교훈시의 틀 안에 철
학, 신화, 정치 등의 주제를 혼합한다. 마지막 작품은 한 권
에 평균 820행 가량, 총 12권으로 이루어진 서사시 《아이
네이스*Aeneis*》로, 로마의 시조로 간주되는 트로이아의 영웅
아이네아스*Aeneas*의 여정을 그린다. 그 밖에도 습작기에 지
었다는 여러 소품이 《베르길리우스 부록*Appendix Vergiliana*》
이라는 이름으로 묶여 전해지나, 대부분은 위작으로 간주
된다.

베르길리우스의 생애에 관한 고대 전승은 의심의 여지
가 많다. 현존하는 베르길리우스 전기 중 가장 오래되고
분량 또한 가장 긴 것은 서기 4세기 중엽 로마의 문법학자
도나투스*Donatus*의 것이다. 이 저작은 베르길리우스의 시
대와 적잖은 시차가 있지만, 서기 2세기 초엽의 전기 작가
수에토니우스*Suetonius*의 《시인들에 관하여*De Poetis*》에 포함
된 〈베르길리우스의 생애*Vita Vergili*〉에 상당 부분 기초한 것
으로 추정된다. 하지만 수에토니우스 또한 베르길리우스
사후 1세기 이상이 흐른 뒤의 인물이며, 사실에 충실한 기
록보다는 문학적 윤색에 공을 들이는 성향을 고려하면 그
내용을 온전히 신뢰하기는 어렵다. 베르길리우스의 사망
직후 그와 직접 교류했던 작가가 전기를 집필했을 개연성
이 있지만, 분명한 증거는 없다.

베르길리우스의 작품에 주석을 남긴 고대 주석가들이 전하는 전기적 전승도 있으나 이 또한 현격한 시간적 간극이 있는 것은 물론, 수에토니우스 또는 도나투스의 전기에 기초한 것으로 추정된다. 뿐만 아니라 고대 주석 전통은 시인의 작품을 자전적 기록으로 이해하는 알레고리 해석의 경향이 짙었기에, 작품의 내용을 시인의 생애에 덧씌우는 일이 빈번했다. 예컨대 베르길리우스의 아버지가 양봉을 했다는 기록은《농가》의 내용에 기반한 허구일 가능성이 높고, 그가 한미한 농부의 자식이라는 기록도 작품의 소재에 더해 로마의 상류층과 어울리지 않고 내향적인 삶을 살았던 데서 만들어진 이미지일 것이다.

이처럼 베르길리우스의 생애에 관한 전승을 둘러싼 상황은 혼란스럽다. 이 해제에서 제시하는 시인의 생애는 도나투스가 수정 및 보완한 수에토니우스의 텍스트를 기반으로 하여, 고대의 여러 기록이 전하는 파편적 언급 및 당대의 역사적 정황을 종합해 재구성한 것이다. 그러나 어느 학자가 말했듯, "우리는 그의 시를 가지고 있으며, 그것은 시인의 혼이요, 인생의 모상이 아니다."[1] 따라서 우리가 가진 것이 부족하지는 않다.

베르길리우스는 기원전 70년 10월 15일 만투아 인근의

1   Colin Hardie, ed., *Vitae Vergilianae Antiquae* (Oxonii e Typographeo Clarendoniano, 1966), p. xxiii.

작은 마을 안데스에서 태어났다. 수에토니우스는 으레 그렇듯 허구적 색채를 가미해 그의 어머니가 꾸었다는 태몽을 묘사한다. 그녀의 몸에서 월계수 가지가 나오더니 땅에 닿자마자 금세 자라서 온갖 꽃이 피고 열매가 달렸다는 것이다. 게다가 태어났을 때 울음을 터뜨리지 않고 부드러운 미소를 지었다고 한다. 이는 아마도 〈제4목가〉를 염두에 둔 묘사일 것이다. 앞서 말했듯 시인이 작품 속에서 만들어낸 독특한 이미지를 시인에게 부여하는 것이 고대 전기 서술의 일반적인 경향이었다.

안데스는 현재도 그 위치가 명확하지 않을 만큼 작은 마을이었기에, 충분한 교육을 받을 수 있는 환경은 아니었을 것이다. 하지만 베르길리우스의 아버지는 명망 있는 귀족은 아닐지언정, 아들을 교육시킬 만한 경제력은 있었던 듯하다. 베르길리우스는 당시 이탈리아 북부의 주요 도시였던 크레모나에서 교육을 받았고, 성인식을 치른 뒤 메디올라눔(지금의 밀라노)을 거쳐 로마로 향했다.

베르길리우스는 당대 로마의 자유민 남성 청년이 대개 그랬듯이 정치가나 법률가가 되기 위한 법률 및 수사학 교육을 받았다. 하지만 그의 변론은 형편없는 수준이어서 단 한 번의 법정 변론이 처음이자 마지막이었다고 한다. 실로 그의 기질은 변론이나 정치와는 거리가 멀었다. 수줍음이 아주 많고 몸도 허약했으며, 거무스름한 낯빛은 그가 도시

출신이 아님을 알려주었다. 시인으로 명성을 얻은 후에도 그는 다른 시인들과 달리 로마 시내 또는 교외가 아니라 캄파니아 지방의 네아폴리스(지금의 나폴리)와 시칠리아 섬에서 생활했다. 사람들이 그를 알아보는 것을 꺼려 공공 장소를 피했고, 행여 누군가 자신을 발견하면 가장 가까운 집에 들어가서 몸을 숨기고는 하여 네아폴리스 사람들은 그를 '파르테니아스Parthenias', 즉 '처녀 같은 남자'라는 별 명으로 불렀다고 한다.

네아폴리스가 생활의 중심지였다는 사실은 시인의 수 수한 기질뿐 아니라 그가 당대 유행하던 에피쿠로스 철학 을 지향했음을 암시한다. 당시 네아폴리스에는 시로Siro나 필로데모스Philodemus처럼 저명한 에피쿠로스 학파 철학자 들이 공동체를 형성하고 있었다. 공적인 생활에 거리를 둔 채 삶의 내밀하고 섬세한 즐거움을 음미하라고 권고하는 에피쿠로스 학파의 가르침은 시인의 성격에 어울리는 것 이었다.

나아가 시로의 교육은 바리우스Varius, 투카Tucca, 바루스 Varus, 킨나Cinna 등의 문학적 동료를 만날 계기를 제공했 다. 동료들과 시를 짓고 나누면서 베르길리우스는 여러 습 작을 발표했고, 이를 통해 당대 문단에서 활발하게 활동하 던 폴리오, 갈루스와 친교를 맺었을 것이다. 특히 폴리오 는 베르길리우스에게 《목가》의 창작을 강력히 권고한 문학적 후원자이자 당대의 유력 정치가로서 《목가》에 선명한 자취를 남겼다.

베르길리우스가 '제국의 시인'으로서 로마의 창건을 노래하게 되는 운명의 길목에 들어선 것도 이때였다. 에트루리아 왕족의 후손으로 막대한 부를 가지고 당대 유수의 예술가들을 후원한 마이케나스Maecenas를 만나고, 그를 통해 훗날 아우구스투스 황제가 되어 로마 제국의 기틀을 마련할 옥타비아누스Octavianus를 만난 것이다. 옥타비아누스와 베르길리우스가 같은 학교를 다녔다거나 그들의 첫만남을 극적으로 각색한 이야기도 전하나 이는 물론 후대의 상상으로, 새로운 시대를 연 황제와 시인의 만남에 숙명의 광채를 더하고 싶었던 것이리라.

시인은 오히려 눈앞에 있는 동년배의 청년에게서 기대와 불안이 섞인 복잡한 감정을 느꼈을지 모른다. 그는 평화를 가져올 구세주인가, 카이사르의 전철을 밟게 될 잔혹한 독재자인가? 《목가》의 첫 시편이 그려내는 두 목동의 대조에는 이러한 양가성이 반영되어 있다. 멜리보이우스의 토지를 빼앗은 퇴역 군인들도 필리피 전투에서 승리를 거둔 옥타비아누스의 군인들이었고, 동시에 티튀루스의 땅을 지켜준 것도 로마에서 신과 같은 영향력을 발휘하던 '그 젊은이'였다. 베르길리우스는 내전의 격동이 고향에 남긴 참상을 목격하는 한편, 냉혹하리만치 강력한 권력으로 평화와 질서를 복구하고자 하는 야심 찬 청년을 발견했다. 로마가 공화국에서 제국으로 변혁하며 겪어야 했던 충격과 고통, 이를 통해 누릴 수 있었던 평화와 번영의 교묘한 혼합은 베르길리우스의 작품에 핵심적인 뉘앙스를 부여한다.

《목가》는 기원전 39년 경 출간되었다.[2] 극장에서 공연되어 관객의 커다란 환호를 받는 일도 여러 차례 있었다고 한다. 마이케나스 및 그가 후원하는 시인들과의 관계 또한 더욱 깊어졌고, 호라티우스Horatius를 마이케나스에게 소개하기도 했다. 자전적인 시를 많이 남긴 호라티우스의 시에서도 베르길리우스는 유독 말이 없지만, 그럼에도 우리는 그의 우정 어린 시선을 통해 과묵한 시인을 좀더 친근하게 느낄 수 있다. 이를테면 《풍자시Saturae》 1권 5가는 마이케나스의 브룬디시움 여행에 동행한 두 시인의 유쾌하고 평화로운 일상을 그려낸다.

하지만 그러한 일상의 이면에는 언제나 전쟁의 공포가 도사리고 있었다. 이 여행의 목적 자체가 옥타비아누스의 사절인 마이케나스가 안토니우스와 군사 협약을 조율하는

---

2 〈제8목가〉가 폴리오가 아닌 옥타비아누스에게 헌정된 것이라는 견해가 있다. 폴리오의 군사적 업적은 역사적 전거가 부족하므로, 그 실체가 분명한 기원전 35년 옥타비아누스의 달마티아 원정을 칭송하는 것으로 보아야 한다는 것이다. 이 경우 《목가》의 출간 시기가 기원전 35년으로 추산되는데, 여러 정황을 고려할 때 설득력이 낮다.

것이었다.[3] 이때 베르길리우스는 마이케나스의 권고에 따라서 이미 《농가》를 짓고 있었거나, 적어도 그 착상을 시작할 무렵이었다. 이 시는 농경에 관련된 여러 신들을 부르며 옥타비아누스를 그 반열에 나란히 세우는 서두로 시작한다. 시인은 옥타비아누스가 대지와 바다와 하늘 가운데 어디를 다스리는 신이 될지 묻지만, "저승은 그대가 왕이 되기를 바라지 않나니"(1.36)라는 시구를 덧붙임으로써 그가 지닌 야망의 그림자를 암시한다.

기원전 31년, 옥타비아누스는 악티움해전에서 안토니우스의 군단을 격파한 뒤 이집트를 침공하여 최후의 승리를 거둔다. 드디어 로마의 명실상부한 일인자로 거듭난 옥타비아누스가 기원전 29년 로마로 귀환하는 길, 베르길리우스는 캄파니아 지방 아텔라에서 그를 만나 완성된 《농가》를 낭독한다. 1권 마지막 단락은 '에우프라테스강'(현재 시리아의 유프라테스강)을 언급하며 동방을 점령하고 있던 안토니우스의 위협을 암시한다. 4권의 동일한 위치에서 다시 언급되는 에우프라테스강에서는 "위대한 카이사르의 번개가 번쩍이니," 옥타비아누스는 "탄원하는 민중에게 정의를 내려주며 올림포스로 향하는 길에 들어선다." 이처럼 《농가》는 내전의 격랑이 절정을 거쳐 비로소

---

3 기원전 37년의 타렌툼 협정을 가리킨다.

평화의 윤곽을 드러낸 시기를 고스란히 담아낸다.

이제 베르길리우스는 필생의 역작에 착수한다. 트로이아의 왕자 아이네아스가 온갖 역경을 거쳐 로마 민족의 터전을 세우는 운명을 그리는 서사시 《아이네이스》가 그것이다. 그러나 10년이 넘도록 시는 완성되지 않았다. 베르길리우스는 자신의 작시를 곰에 비유했다고 한다. 갓 낳은 새끼는 형태를 온전히 갖추지 못하는데, 어미 곰이 거듭 혀로 핥아주며 점차 모습을 갖추게 된다는 것이다. 이처럼 작업은 수정과 퇴고를 반복하며 더디게 나아갔으니, 조급해진 아우구스투스가 농담과 협박을 섞어서 초고라도, 아니 몇 줄이라도 보내라며 채근할 정도였다.

기원전 19년, 베르길리우스는 로마를 벗어나 그리스와 소아시아를 여행하며 《아이네이스》를 탈고할 계획을 세운다. 시를 완성하고 나면 철학에 전념할 생각이었다. 그러나 마침 동방 원정에서 귀환하던 아우구스투스가 그의 계획을 단념시켰고, 베르길리우스는 그와 동행하여 로마로 되돌아오기로 한다. 한여름의 햇빛은 뜨거웠고, 기나긴 여행에 시인은 지쳐 있었다. 황제와 시인을 태운 함선이 아드리아 해를 건너는 동안 죽음이 다가왔다. 베르길리우스는 로마로 되돌아가지 못하고, 브룬디시움 항구에서 목숨을 거두었다.

끝마치지 못한 《아이네이스》의 유고에 관해서는 기록

마다 세부 사항의 차이를 보인다. 베르길리우스가 유언장에 원고를 불태우라는 지시를 남겼으나 아우구스투스가 이를 거부하고 바리우스와 투카에게 편집을 명했다는 전승이 있는가 하면, 시인이 여행을 떠나기 전에 자신에게 무슨 일이 생기면 원고를 태우라는 지시를 바리우스에게 내렸고, 죽음을 앞두고도 원고를 직접 태우려고 가져오라 거듭 명했으나 아무도 그에 따르지 않았다는 기록도 있다. 그 자신이 직접 교정하지 않은 것은 공표하지 않는다는 조건으로 바리우스와 투카에게 유증했다고도 하는데, 그러한 편집의 조건을 아우구스투스가 명령한 것으로 전하는 기록도 있다.

이처럼 11년을 매달린 원고를 불태우겠다는, 깊은 절망감이 느껴지는 한편 시인의 긍지를 보여주는 마지막 열망은 다양한 전설을 지어냈다. 《아이네이스》의 총 행수는 9896행, 미완성 시행은 모두 58행이다. 우연의 장난일까, 호라티우스의 《풍자시》 1권 5가의 마지막 시행은 예언처럼 울린다.

Brundisium longae finis chartaeque viaeque est.
브룬디시움이 기나긴 글과 여정의 끝이라네.

201

2.《목가》의 배경

《목가》의 라틴어 원제는 'Bucolica', '부콜리카'라고 읽는다. 희랍어 'boukolika'를 음차한 것으로, 좁게는 소몰이꾼, 넓게는 목동 일반을 가리키는 'boukolos'에서 연원하여 '목동들에 관한 것들'을 뜻한다. 목가의 창시자 테오크리토스는 'boukolikos' 및 동근어들을 '목동들의 노래'라는 의미와 연관 지어 사용한다. 베르길리우스는 이를 좇아 시집의 제목을 지은 것으로 보이며, 후속작인《농가》또한 희랍어를 음차하여 'Georgica'라는 제목을 붙였다.

한편 시집 전체와 별개로 각 시편을 가리킬 때에는 'ecloga'라는 낱말을 사용하는데, 이는 희랍어로 '정선精選'을 가리키는 'eklogē'를 라틴어로 음차한 것이다. 원래는 한 작품에서 발췌한 구절을 가리키는 표현이었다가 하나의 시집을 이루는 개별 시편을 지칭하는 표현이 되었고, 후대에는 장르를 막론하고 짧은 시를 가리킬 때에도 쓰였다. 따라서 전승된 필사본 다수는《목가》의 제목을 'Bucolica'로 표기하는 한편, 개별 시편에는 'Ecloga I'처럼 숫자를 더해 별개의 제호를 붙인다. 이러한 전통은 베르길리우스 당대 또는 그리 멀지 않은 후대에 정착된 것으로 보인다.

시집의 제목에서 베르길리우스는 자신이 따르는 시적 전통을 분명하게 드러낸다. 스스로 선언하듯, 베르길리우스는 라틴어로 목가를 노래한 최초의 시인이었다. 따라서 베르길리우스 목가의 고유한 미학을 이해하기 위해서는 그 전통의 창시자인 테오크리토스의 목가는 물론, 베르길리우스가 테오크리토스를 독해하는 프리즘을, 다시 말해 라틴 문학의 독특한 환경과 문맥을 살펴볼 필요가 있다.

2.1. 라틴 문학의 환경

라틴 문학은 희랍 문학의 절대적인 영향하에 발전했다. 기원전 3세기에서 2세기에 걸쳐 로마가 영토를 확장하며 지중해 전역을 차지했을 때, 정복한 땅에서 그들이 발견한 것은 훨씬 더 오랜 역사를 지닌 문명의 유산이었다. 로마는 이 유산을 받아들였고, 그리하여 문학을 비롯한 로마의 문화 전반에 그리스의 힘이 스며들었다. 호라티우스는 이를 간명하게 표현했다. "점령당한 그리스가 야만적인 정복자를 점령했다Graecia capta ferum victorem cepit."(《서간시 *Epistulae*》2.1.156)

이를 예증하듯 최초의 라틴어 작가는 그 이름부터가 로마와 그리스의 혼합을 시사하는 기원전 3세기의 인물 리비우스 안드로니쿠스Livius Andronicus로, 이탈리아 남부 그리스 식민지였던 타렌툼 출신으로 알려져 있다. 그는 호메로스의 《오뒷세이아》를 라틴어로 번안했고, 그리스 작품을 원안으로 하는 극작품을 썼다. 그리스 문학을 라틴어에 이

식한 그의 시도는 이후 나이비우스Naevius, 엔니우스Ennius, 플라우투스Plautus 등으로 이어져 초기 라틴 문학의 근간을 이루었다. 물론 로마에서 자생한 문학이 없는 것은 아니어서, 예컨대 퀸틸리아누스Quintilianus는 풍자시의 기원인 사투라Satura 장르를 "온전히 로마의 것"이라고 단언했다.(《연설 교육Institutio Oratoria》 10.1.93) 하지만 키케로와 같은 고전기 로마의 대표 작가들이 희랍 문학을 로마에 소개한 리비우스의 역할을 강조했다는 사실은, 로마 문학이 그리스의 영향 하에 발전했다는 자기 인식을 시사한다.

이러한 자기 인식은 단순한 모방과 답습에 그치지 않고, 독창적인 재해석을 통해 로마 문학의 독특한 미학을 구축해 냈다. 예컨대 아우구스투스 시대에 번성한 연가 장르는 희랍의 애가哀歌, elegeia 장르에 기원을 두지만, 여타 전통들을 혼합하면서 주제는 물론 운율의 측면에서도 로마의 독자적인 계보와 규범을 만드는 데에 성공했다. 이 점에서 희랍 문학은 로마의 시인들에게 문학적 아름다움의 모범인 동시에, 로마의 문맥에서 선별하고 재구축하여 새로운 전통을 창안하기 위한 재료였다.

이러한 환경은 로마의 문학에 의외의 자유를 선사했다. 희랍 문학은 긴 시간에 걸쳐 사회의 발전과 요구에 부응하는 변천을 겪었고, 그 과정에서 전통이 확립되고 분화되었다. 반면 로마의 시인들에게는 이러한 역사적 집적물이 한

꺼번에 주어졌기에, 이들은 다양한 문학 전통을 비교하고 선별하며 심지어 혼합할 수 있었다. 작품의 성격과 장르를 규정하는 메타적 언명인 '프로그램'이 로마 문학에서 일반적 규약으로 확립된 것은 이러한 문학적 환경에서 비롯한다.

뿐만 아니라 정치적, 사회적 환경과 밀접하게 결부되었던 희랍의 문학과 달리 로마 문학은 상대적인 자율성을 누렸다. 군사적 기량과 실용적 합리성을 중시했던 로마의 전통적인 풍조에서 문학과 예술은 경시되었고, 이로 인해 로마의 시인들은 역설적으로 사회적 요구에서 거리를 둘 수 있었다. 이로부터 자연스레, 개인의 감정과 일상적인 소재를 소규모로 다루는 동시에 문학 전통의 현학적 재해석에 천착하는 헬레니즘 문학에 친연성을 느낀 일군의 시인들이 출현한다. 이들은 헬레니즘 문학의 대표자였던 칼리마코스의 영향하에 새로운 문학적 경향을 창조했고, 로마 전통의 수호자를 자처한 키케로는 다소 경멸조로 그들을 '신시파新詩派, poetae novi', 직역하자면 '새로운 시인들'이라고 불렀다. 말하자면 그들은 로마의 '모더니스트'들이었다.

신시파 시인들은 후대에 엄청난 영향을 주었다. 그들의 시는 다채로운 주제, 연마된 운율, 세련된 시어, 미묘한 뉘앙스로 라틴 문학에서 새로운 미학의 초석을 이루었다. 신시파를 대표하는 시인 카툴루스는 일상의 소재를 세련된 필치로 풀어내고, 강렬한 사랑의 욕망을 실감 나게 표현하는가 하면, 신화를 활용한 소서사시epyllion 작품을 창작하여 로마 문학의 서정시, 연가, 서사시 전통에 두루 영향을 주었다. 그 밖에도 연가의 창시자 갈루스, 칼리마코스풍 서사시를 지은 킨나 등이 신시파에 동참했으나, 이들의 작품은 거의 남아 있지 않다. 베르길리우스가 《목가》에서 그들의 이름을 언급하는 것으로 신시파를 향한 우정과 존경을 짐작할 수 있을 뿐이다.

2.2. 테오크리토스

목가의 창시자 테오크리토스는 기원전 3세기 헬레니즘 시대의 시인으로, 그의 작품은 소실되고 남은 파편 일부와 단시를 제외하면 시편 30편이 'eidyllia'라는 제호로 묶여서 전해진다. 형태, 형식, 또는 종류를 뜻하는 희랍어 'eidos'의 지소형指小形에 해당하는 이 단어가 테오크리토스 작품의 제호로 쓰이게 된 경위는 알 수 없다. 그 형식을 고려하여 '소품'을 뜻하는 것으로 추측되는데, 그렇다면 이는 테오크리토스 작품의 주요한 특징인 장르적 다양성을 시사한다고 볼 수 있다.

시편 30편 가운데 고대부터 '순수한 목가'로 간주된 것은 〈제1목가〉, 그리고 〈제3목가〉에서 〈제11목가〉까지 총 10편이다. 나머지는 가벼운 촌극, 정치적 찬가, 전통적 서정시, 소서사시 등 다양한 장르를 포괄하며, 일부는 다소간의 목가적 모티프가 발견된다. 여기에는 후대의 모작으로 판명되었거나 의심되는 작품도 포함되어, 그의 문학적 영향 및 전승의 복잡한 역사를 짐작할 수 있게 해준다.

'목가'라는 장르의 규정이 느슨하게나마 통용된 것은 테오크리토스 이후로 보인다. 이와 관련하여 현존하는 최고最古의 전거는 기원전 1세기 알렉산드리아의 문법학자 아르테미도로스Artemidorus가 테오크리토스의 시집을 편찬하며 붙인 서문 격의 단시로, 여기서는 그의 시편들을 'boukolikai Moisai', 즉 '목가의 모이사 여신들'로 총칭한다.[4] 하지만 이 편집본 자체가 남아 있지 않아, 어떤 시편들이 선별되었고 이 용어를 어떤 의미로 사용한 것인지는 확실치 않다.

하지만 목가 전통의 성립이 단순히 후대의 자의적인 독해에 따른 것은 아니다. 테오크리토스는 모티프와 주제 들을 의식적으로 반복하고 변주하며, 다양한 전통을 결합하고 실험할 수 있는 시적 영토로서 단순성과 복잡성이 결합된 목가 장르의 독특성을 일관되게 보여준다. 이런 특성은 무엇보다 테오크리토스의 문학적 활동이 알렉산드리아라는 특수한 환경에서 이루어졌다는 사실에서 기인한다.

---

4 '모이사'는 '무사'의 도리스 방언으로, 테오크리토스 작품에 사용되었다.

테오크리토스는 시칠리아의 쉬라쿠사이에서 태어나 알렉산드리아로 이주하여 활동한 것으로 추정된다. 당시 알렉산드리아는 대규모 도서관을 포함한 종합 연구 시설 '무세이온Museion'이 위치한 예술과 학문의 도시로서, 다양한 문헌을 수집하고 체계화하여 그리스 문화를 보존하고 계승했다. 헬레니즘 문학을 대표하는 저자들의 문학적 활동도 자연히 학문적 작업과 분리되지 않아서, 예컨대 헬레니즘 시대의 대표적인 서사시 《아르고호 이야기Argonautica》의 저자 아폴로니오스Apollonius는 알렉산드리아 도서관의 관장으로, 호메로스 서사시의 주해에 정통했다.

테오크리토스의 목가도 예외는 아니다. 일견 목가라고 하면 자연의 풍경과 원시적인 삶을 묘사하는 소박하고 담백한 분위기가 연상되지만, 베르길리우스의 《목가》를 읽은 독자라면 목가라는 장르가 단순함의 외피 속에 복잡한 암시를 겹겹이 감추고 있다는 사실을 감지했을 것이다. 이는 테오크리토스 목가의 핵심이기도 하다. 예컨대 테오크리토스 〈제7목가〉의 서두는 화자가 '뤼키다스'라는 염소치기를 만나는 장면을 다음과 같이 그린다.

그때 나와 에우크리토스는 도시를 나와서 할레이스로 향하고 있었네, 세 번째로 아뮌타스도 우리와 함께였다네.

그곳에서 데메테르 여신께 뤼코페우스의 두 아들 프라시
　　다모스와
안티게네스가 수확제를 올렸기에. 훌륭한 혈통이라네,
저 위의 클뤼티아, 그리고 칼콘부터 내려오는 그 핏줄은.
칼콘이라 하면, 무릎으로 바위를 깨부수어 그 발치에서
부리나Bourina 샘물이 솟아나게 했다네. 그리하여 그 물가는
흑양나무와 느릅나무가 그늘진 수풀을 이루어
연둣빛 잎사귀 드리우며 산들산들 흔들리네.
우리는 아직 길의 절반도 가지 못했고, 브라실라스의
무덤도 보이지 않았는데, 모이사 여신들의 가호로
한 여행자를, 퀴도니아 출신의 빼어난 사내를 만났다네,
그의 이름 뤼키다스, 염소치기였으니, 누구든 그를 보면
모르지 않았을 것이네, 누구보다 염소치기처럼 보였으니.
그도 그럴 것이, 황갈색 덥수룩한 털북숭이 숫염소 가죽을
어깨에 걸머졌는데, 가죽에서는 신선한 효소 냄새가 났고,
가슴께에는 두꺼운 혁대로 낡아빠진 외투를 단단히
조였으며, 오른손은 휘어진 산올리브 몽둥이를
들고 있었다네. 그러고는 조용히 눈웃음을 지으면서 내게
싱글싱글 말을 거니, 그 입술에 미소가 떠올라 있었네.
　　　　　　　　　　— 테오크리토스, 〈제7목가〉(1-20)

209

첫 번째 단락부터 목가적 묘사는 미묘한 위치를 점한다. 친구와 함께 수확제에 참가하러 도시를 나오는 일상적인 서술로 시작하지만, 수확제를 주관하는 가문을 향한 찬양을 스치며 신화적 전승을 언급하더니 목가적인 풍경으로 단락이 마무리된다. 일상과 신화와 풍경을 절묘한 리듬으로 엮어내는 이러한 짜임이야말로 테오크리토스 목가의 독특한 매력이다. 이어지는 단락에서 뤼키다스의 외양을 묘사하는 대목 또한 베르길리우스와는 구별되는, 사실적이고 유머가 넘치는 묘사를 보여준다.

하지만 이러한 '사실성'의 배면에는 현학적인 암시가 감추어져 있다. 우연한 마주침, 특히 인간으로 변장한 신과의 마주침이라는 모티프는 호메로스 서사시에서 자주 활용되는데, 뤼키다스의 외양은 인간과 염소가 결합된 사튀로스를 연상시켜 그의 정체가 목신牧神이 아닌가 하는 의문을 품게 만든다. 좀 더 직접적인 참조는《오뒷세이아》17권에서 거지로 변장한 오뒷세우스가 멜란테우스라는 염소치기를 마주치는 장면으로, 이 장면에서도 샘물의 정경이 그려지고 물가의 흑양나무를 묘사하는 시구 또한 유사하다. 이처럼 테오크리토스는 영웅적 혈통, 목가적 풍경, 그리고 우연한 마주침이라는 서사시의 모티프들을 색다른 짜임으로 엮어내며 문학적 전통을 가지고 유희한다.

테오크리토스 목가의 다층성은 그 장르의 근원이 단일

하지 않다는 점에서도 시사된다. 앞서 보았듯이 목인牧人은 호메로스 서사시에도 종종 등장하는데, 특히 〈제11목가〉는 외눈박이 거인 폴뤼페모스를 짝사랑에 번민하는 캐릭터로 그려내어 서사시 전통의 유쾌한 반전을 꾀한다. 헤시오도스의 서사시에서는 목인의 삶과 시적 영감이 연관되는데, 이를 이어 테오크리토스의 목동들은 촌스럽고 희극적인 외양을 하고 있음에도 문학과 신화에 정통한 알렉산드리아 시인들의 페르소나로 기능한다.

목가의 중심적 모티프는 이질적인 요소들을 느슨한 연관성으로 묶는 자연의 쾌적한 정경, 이른바 '로쿠스 아모이누스locus amoenus'[5]다. 이 제재는 호메로스 서사시는 물론 서정시 전통에서도 다루어졌고, 대도시의 번잡한 생활 속에서 휴양을 바라던 헬레니즘 문학에서는 보다 중심적인 주제가 되었다. 테오크리토스는 고향을 향한 개인적인 그리움 속에서 시칠리아와 지중해 연안의 자연과 식생植生을 풍성하고 섬세하게 묘사하여, 관습적 모티프에 신선한 생기를 불어넣었다. 테오크리토스에 비하면 베르길리우스의 자연 묘사는 구체성이 덜하지만, 고향인 만투아에 있는 민키우스강을 언급하는 대목(7.12) 등은 베르길리우스가 테오크리토스의 묘사에 함축된 우수의 감정에 공감했을 가

---

5 '쾌적한, 기분 좋은 장소'라는 의미의 라틴어로, 목가에서 묘사되는 것과 같은 자연의 아름다운 풍경을 일컫는 용어로 쓰였다.

능성을 시사한다.

목가의 또다른 중심 모티프는 목동들의 노래 경연, 즉 대창amoibaion이다. 테오크리토스가 'boukolikos'라는 단어 및 그 파생어를 사용할 때에는 바로 이 대창의 형식을 가리킨다는 것이 일반적인 견해다. 베르길리우스가 충실히 모방하듯 목동들은 짤막한 연구聯句 또는 긴 노래를 주고받으며 우정과 경쟁심을 나눈다. 이러한 모티프는 어느 정도는 시칠리아 목동들의 실제 생활에서 비롯했을 것이다. 테오크리토스 목가 특유의 일상적인 분위기를 자아내는 목동들의 경쾌한 대화 또한 시칠리아에서 유행한 촌극 장르와 연관이 있다. 신화적인 목동 다프니스 또한 시칠리아의 민간 전승을 배경으로 한다. 이처럼 테오크리토스는 풍요로운 자연의 기억뿐 아니라 많은 것을 시칠리아에서 물려받았으니, 그의 목가는 과연 '시칠리아의 무사 여신들'이라 부를 만하다.

또한 주목해야 할 것은 그의 언어로, 테오크리토스의 작품은 시칠리아에서 쓰인 도리스 방언을 기초로 한다. 자신의 모어로 시를 쓴 것이 당연하게 보일 수 있지만 헬레니즘 시대에는 아티카 방언을 토대로 표준화한 그리스어가 공통어였고, 그리스 문학은 구어와 별개로 문학적 전통에서 어휘를 차용하는 관행이 있었다. 이를테면 서사시는 호메로스의 이오니아 방언을, 서정시는 사포Sappho의 아이올리아 방언을 빌려오는 식이다. 뿐만 아니라 테오크리토스 목가의 운율은 장단단격 육각운Dactylic Hexameter인데, 이는 호메로스와 헤시오도스의 작품에 쓰인 운율이기에 서사시 전통을 의식하지 않을 수 없다. 따라서 이 운율로 비교적 가벼운 소재를 다루며 도리스 방언을 사용했다는 것은 테오크리토스가 전통을 적극적으로 혁신하려 했음을 보여준다.

베르길리우스와 비교할 때 테오크리토스 목가는 전반적으로 현실적이고 밝다. 자연의 관찰은 풍부하고, 인물들은 유쾌하고 친근하며, 감정의 파동은 소박하고 명랑하다.[6] 하지만 그 이면에 감추어진 풍부한 암시와 시적 자의식은 목가라는 장르에 깊이를 더한다. 그리하여 유머는 천박한 조야함으로 변질되지 않고, 서정은 진부한 감상으로 떨어지지 않으며, 전통은 산뜻한 빛을 입는다. 베르길리우스는 여기에 다시 한번 새로운 감성과 미학을 부여한다.

---

6 예외가 있다면 〈제1목가〉에서 튀르시스가 부르는 다프니스 추도가의 비극적인 파토스일 텐데, 〈제1목가〉의 이런 특성은 이를 모델로 삼은 〈제5목가〉와 〈제10목가〉의 독특한 구성적, 주제적 배치로 변형된다. 베르길리우스가 목가 전통의 파격을 감행하는 〈제1목가〉를 첫 시편으로 배치한 점도 이와 관련이 있을 것이다. 시편들의 순서를 다양하게 배치한 여러 필사본에서도 〈제1목가〉는 항상 첫 번째에 놓여 그 예외성을 분명하게 보여준다.

3.《목가》의 미학

호라티우스의 평가에 따르면, 베르길리우스의 《목가》는 "섬세하고 우아하다molle atque facetum."(《풍자시》1.10.44) 베르길리우스가 위대한 시인인 이유는, 기존의 문학적 모범을 모방하면서도 고유한 미학과 감각을 완벽하게 구축하여 전통과 혁신을 동시에 충족했기 때문이다. 야생에 자라난 산딸기 넝쿨처럼 풋풋하고 생생한 테오크리토스의 목가와 달리, 베르길리우스의 목가는 섬세하게 다듬어진 정원처럼 세련된 아취와 절제된 기품을 발한다. 베르길리우스의 전작全作에서 발견되는 이러한 품격은 《목가》에서 푸른 싹을 틔운다.

3.1. 구성

《목가》의 미학을 규정하는 가장 주요한 특징 중 하나는 구성이다. 《목가》는 무엇보다도 한 권의 시집으로서 통일성과 균형미를 갖춘 건축적 구조와 함께 다양한 주제가 다성적인 리듬으로 어우러지는 음악적 짜임새를 이룬다. 베르길리우스가 참조한 테오크리토스 시집의 구성은 알 수 없지만, 그 편집은 엮은이의 자의적인 배치를 포함할 수밖에 없었을 것이다. 베르길리우스는 테오크리토스의 시편들 가운데 10편이 '순수한 목가'로 간주된다는 사실을 고려하여 시편의 편수를 정했을 것이고, 테오크리토스의 다른 시편들도 포함해 그의 명시적, 암시적 영향을 고루 배치함으로써 하나의 구조물을 만들었다.

베르길리우스 이전에도 시인이 자신의 시집을 직접 편집하는 경우가 없지는 않았다. 하지만 베르길리우스의 편집은 워낙 치밀하고 정교하여, 시집 전체의 구성 속에서 개별 시편을 이해하지 않는다면 그 언어와 의미의 울림이 상당 부분 소실될 정도다. 이 점에서 《목가》를 이루는 10편의 목가는, 비록 개별 시편의 착상과 발전에는 선후가 있더라도 《목가》 전체가 형태를 갖춘 시점에 모두 함께 완성되었다고 보아야 한다. 요컨대 모든 시편이 《목가》라는 하나의 구조물을 위해 조율되고 배치된 것이다. 그 구조를 하나씩 분석해 보자.

첫 번째로, 10편의 시편을 전반부와 후반부로 나누어 대칭의 구조를 찾을 수 있다. 이는 무엇보다 각 시편의 분량에서 드러난다. 〈제1목가〉는 83행으로, 86행의 〈제6목가〉와 상응한다. 〈제2목가〉는 73행으로, 70행의 〈제7목가〉와 상응한다. 가장 긴 시편에 해당하는 〈제3목가〉와 〈제8목가〉는 편집자들의 수정을 받아들인다면(주19 참조) 110행으로 동일하여 각 부분의 중심을 이룬다. 이어서 가장 짧은 〈제4목가〉는 64행으로, 〈제9목가〉의 67행에 상응한다. 〈제5목가〉와 〈제10목가〉는 90행과 77행으로 비교적 차이를 보이는데, 평균에 해당하는 83행에서 각기 7행을 더하고 6행을 빼 비대칭성 속에서도 균형을 만들고 있다. 이러한 비대칭성은 이어서 살펴볼 다른 구성으로 해명된다.

양분 구성의 인상은 분량 외에도 다양한 장치를 통해 강화된다. 전반부 전체의 첫 단어와 마지막 단어는 각각 '티튀루스Tityre', '메날카스Menalca'로 목동의 이름을 부르는 데에서 일치한다. 후반부는 첫 시와 마지막 시에서 갈루스가 중심 인물로 등장하여 주제적 통일성을 이룬다. 또한 각 부분의 중심을 이루는 〈제3목가〉와 〈제8목가〉는 모두 폴리오를 시사한다. 〈제6목가〉는 작품의 성격을 규정하는 '거부recusatio'의 테마로 시작되어, 마치 시를 새로 시작하는 듯한 느낌을 준다. 이처럼 작품 중반에 시적 선언을 삽입하여 반환점을 표시하는 기법은 《농가》, 《아이네이스》에서도 이어진다.

두 번째로 살펴볼 구성은 주제에 관련된다. 시의 주제에 초점을 맞추어보면, 토지 몰수를 다루는 〈제1목가〉와 〈제9목가〉, 비통한 연애를 다루는 〈제2목가〉와 〈제8목가〉, 목동들의 대창을 다루는 〈제3목가〉와 〈제7목가〉, 목가의 관습적 주제에서 벗어나는 〈제4목가〉와 〈제6목가〉, 그리고 다프니스 신화에 기반을 두는 〈제5목가〉와 〈제10목가〉로 나눌 수 있다. 따라서 〈제5목가〉를 중심에 두면 1-9 / 2-8 / 3-7 / 4-6 와 같이 중간이 엇갈리는 대칭 구조를 띠며,

〈제5목가〉는 〈제10목가〉에 연결되면서 마지막 시편에 코다coda의 성격을 부여한다.

이러한 구성의 묘는 〈제1목가〉에서 〈제9목가〉까지 9편의 시편이 지닌 주제를 목가 전통과 관련하여 살펴볼 때 다시 한번 드러난다. 역사적 현실을 다루어 목가적 전통에 파격적 혁신을 이루는 〈제1목가〉에서 출발해 목가의 전형적 세계로 진입하는 〈제2목가〉, 〈제3목가〉까지의 흐름에 이어, 목가의 전통에 숭고하고 고상한 주제를 통합하는 〈제4목가〉에서 〈제6목가〉까지의 흐름이 마무리되면, 다시금 목가의 소박한 세계로 돌아와 그 언저리에서 현실을 돌아보는 〈제7목가〉에서 〈제9목가〉까지의 흐름으로 가라앉는다. 이 점에서 〈제1목가〉에서 〈제9목가〉까지의 흐름은 고대 문학의 전통적인 원환 구성을 이루며, 여기에 〈제10목가〉가 독특한 종결을 더한다.

마지막으로 시편의 형식이 있다. 홀수 번호 시편은 등장인물들의 독백이나 대화를 재현하는mimetic 형식으로 이루어지지만, 짝수 번호 시편은 시인이 자신의 목소리로 시를 시작하는 서사적narrative 형식을 띤다. 물론 후자를 취하더라도 사실상 인물의 독창이나 대창 위주인 〈제2목가〉, 〈제8목가〉와 같은 경우도 있고, 회상의 틀 속에서 대창을 재현하는 〈제7목가〉 같은 경우도 있다. 이처럼 재현의 기법과 서술의 기법은 단조롭게 적용되지 않고 상호 혼합되고 조정되며 시집 전체에 다채로운 음조를 부여한다. 이러한 형식적 차이는 자연히 내용과 주제의 차이에도 영향을 미쳐서, 홀수 번호 시편은 비교적 현실적이고 일관적인 공간을 재현하는 반면 짝수 번호 시편은 비현실적이고 신화적인 공간을 자유롭게 구축한다.

이처럼 《목가》는 상이한 빛깔의 실들로 엮어낸 직물과도 같이, 다양한 짜임과 이채로운 리듬으로 시집 전체에 안정감과 운동감을 동시에 부여한다.

3.2. 주제

베르길리우스의 《목가》를 이루는 4개의 주제가 있다. 자연, 시, 역사, 사랑이다.

《목가》의 자연은 무엇보다 인간의 감정에 응답하는 자연이다. 티튀루스의 노래는 "어여쁜 아마륄리스 되울리라 수풀에게 가르치"고(1.5), 다몬과 알페시보이우스의 대창에 자연은 스스로 법칙을 거스른다(8.2-4). 코뤼돈은 "아름다운 알렉시스 / 이 산을 떠나면, 그대는 강물조차 말라버리는 것을 보"리라 노래하며(7.55-56), 고향을 떠나는 모이리스의 쓸쓸함에 바다는 고요해지고 바람도 잦아든다(9.57-68). 자연은 귀 기울이고, 메아리치며, 울고 웃는다. 시인은 간명하게 말한다. "우리 노래는 귀먹은 것들을 향하지 않습니다, 숲은 언제나 답하므로."(10.8)

이처럼 인간의 감정을 자연물에 투사하는, 이른바 '감상적 오류pathetic fallacy'라 불리는 묘사는 《목가》의 중요한 장치다.[7] 테오크리토스의 목가에서 이러한 사례는 〈제1목가〉가 유일하여, 죽어가는 다프니스를 위해 온갖 동물들이 울부짖는 장면, 자신이 죽고 나면 소나무에 배가 열리고 사슴이 개를 사냥하는 등 자연의 법칙이 무너지리라고 다프니스가 탄식하는 장면 등이 묘사된다. 베르길리우스는 테오크리토스 목가에서는 이례적인 이런 파토스를 《목가》의 축으로 삼아 작품 전체에 우수의 정서를 부여한다.

하지만 이러한 자연의 역량은 슬픔의 공감에 국한되지 않는다. 환희의 약동, 고요한 안식에도 자연은 응답한다. 비통함에 빠진 자연이 생명력을 상실하는 것과 동일한 이치로, 희열에 들뜬 자연은 스스로 열매를 맺고 다채로운 빛깔을 입으며(4.38-45), 평온 속에서 사냥을 그치고, 신이 된 목동의 이름을 소리높여 외친다(5.60-64). 시인은 이처럼 평화의 희구에 응답하는 자연의 환희를 그려내어 그 희망에 웅장한 음향을 부여한다. 구성의 측면에서도, 시집의 중심에 놓인 〈제5목가〉는 다프니스의 죽음과 신격화에 관한 자연의 반응을 대칭으로 제시한다. 자연의 이러한

---

7 '감상적 오류'란 19세기 영국의 비평가 존 러스킨John Ruskin이 인간의 감정을 비인간 존재에 투사하여 표현하는 기법을 '오류'로 비판하기 위해 규정한 개념이다. 지금은 비평 용어로 정착하여 비판적인 함의 없이 널리 사용된다.

역량을 작품의 정서적 축으로 삼고자 하는 시인의 의도를 엿볼 수 있다.

인간의 감정을 느끼는 자연의 능력이 이토록 탁월하기에, 그러한 공간을 상실한 목동이 절망 속에 놓이는 것은 당연한 일이다. 토지를 잃고서 고향을 떠나는 멜리보이우스는 더 이상 노래를 하지 않으리라 비탄하고(1.77), "홀로, 헛된 열정으로"(2.4) 노래를 쏟아붓는 코뤼돈의 자연은 알렉시스만큼이나 무정하며, 연인의 배신에 낙담한 다몬은 숲에게 작별을 고하며 노래를 그친다(8.59-62).

요컨대 인간의 감정에 응답하는 자연은 인간을 고독과 절망에서 구원하는 유일한 공간이다. 따라서 테오크리토스의 사실적인 자연과는 달리, 베르길리우스의 시에서 자연은 시인의 환상과 희망까지 수용하는 공간으로 변모한다. 특히 자연의 응답이 표현되는 주요한 방식이 목동의 노래를 귀 기울여 듣고 메아리치며 전하는 것임에 주목한다면, 이러한 자연은 다름이 아니라 시를 주고받는 공간임을 알 수 있다.

이로부터 《목가》의 두 번째 주제, 시에 대해 살펴볼 수 있다. 자연이 인간의 감정에 응답하는 만큼이나, 목동들 또한 자연을 향해 노래로 응답한다. 푸르른 신록의 계절은 목동들의 조화로운 대창을 이끌고(3.55-59), 다프니스는 멜리보이우스를 부르며 민키우스강의 상쾌한 정경을 가리킨다(7.12-13). 자연의 소리를 들은 목동들은 이제 서로의 노래에 귀 기울이며 주제와 음향의 화음을 쌓아 올린다. 목가적 공간에서 목동들은 서로에게 응답하며 서로를 듣는다. 이 점에서 목가적 공간이란 곧 시적 자유의 공간이며, 향유의 공동체다.

앞서 보았듯이, 테오크리토스의 목가에서도 목동들은 알렉산드리아 시인들의 페르소나로 기능한다. 베르길리우스는 이러한 장치를 보다 적극적으로 활용하여, 동시대 시인들을 실명으로 언급할 뿐만 아니라 마치 신화의 주인공처럼 등장인물로 다루어 동시대 시단詩壇의 무대로 삼는다. 이들의 작품은 거의 남아 있지 않아 베르길리우스가 정확히 어떤 문맥에서 이들을 《목가》에 초대하는지는 알기 어렵지만, 적어도 목가적 공간이 시적 공동체의 은유로 쓰인다는 점은 분명하다.

나아가 이러한 은유는 동시대의 로마에 국한되지 않고, 테오크리토스를 비롯한 그리스 문학 전통을 향한 존경과 대결의 의식을 보여주는가 하면, 명시적인 자기 인용과 암시적인 상호 참조를 통해 작품 안팎으로 복잡한 상호텍스트성을 형성한다. 특히 〈제6목가〉에서 우주론, 비극적 신화, 시적 계승 등의 주제를 복잡한 구조로 엮어내는 실레누스의 노래는 비록 현대의 독자에게는 난해하게 다가오겠지만, 문학적 교양을 갖춘 고대의 독자에게는 다채롭고

호화로운 이야기의 향연처럼 느껴졌을 것이다. 《목가》라는 시집은 이러한 향연과 대화, 그리고 시적 명상의 공간이다.

하지만 이런 시적 자유를, 목가의 평온을 위협하는 것들이 있다. 하나는 권력과 정치의 장場인 역사이고, 다른 하나는 인간을 격정에 빠뜨리는 사랑이다. 〈제1목가〉는 첫 단락부터 테오크리토스의 목가에 친숙한 당대 독자들에게 충격과 흥분을 일으켰을 것이다. 목가의 공간에서 추방되어 노래를 하지 않으리라 선언하는, 그리하여 더 이상 목동이 아니라 로마의 불행한 여느 농민으로 전락하는 멜리보이우스 같은 인물은 테오크리토스의 목가에서는 찾을 수 없다. 티튀루스 또한 당장은 그늘을 즐기며 느긋이 노래를 부르고 있지만, 그의 자유 또한 기실 로마의 어느 권력자에게 종속되어 있다. 테오크리토스가 목가를 시적 대화와 명상의 공간으로 삼았다면, 베르길리우스는 더 나아가 목가의 가능성 자체를, 다시 말해 시적 자유의 조건 자체를 성찰한다. 목가란 너무나 이상적이기에 도리어 그 이상의 한계를 드러내는 역설적인 공간이 된다.

그러나 다른 한편으로, 정반대의 방향에서 목가의 전통을 벗어나는 노래들은 내전의 참상이라는 비참한 현실이 아니라 황금 시대의 재래와 평화를 향한 간절한 희망 속에서 역사와 목가의 조화를 꿈꾼다. 여기서 시는 한낱 바람에 흩어질 노래가 아니라 태고의 무녀가 노래하던 예언의 음조를 덧입고, 죽음을 맞이한 목동을 하늘까지 드높이며 찬양의 환성을 온 세계에 울린다. 시인은 미래의 역사에 시선을 던지는 시의 힘을 표명한다.《목가》에는 이처럼 시의 무력함과 강력함에 관한 성찰이 공존하며, 과거의 비통한 역사를 인식하면서도 미래의 찬란한 희망을 노래한다.

이처럼 로마 당대의 정치적 현실을 둘러싼 베르길리우스의 태도는 미묘하고 양가적이다.《목가》 출간 당시에는 옥타비아누스의 정치적 입지가 아직 확고하지 않았다는 정황으로 그러한 양가성을 해명하는 시도도 있지만, 이러한 미묘함은 이후《농가》와《아이네이스》에까지 이어지기에 시인이 단순히 정치적 유불리에 따라 태도를 바꾸었다고 보기는 어렵다. 잔혹한 폭력과 풍요로운 번영이 공존하며 영화※韓와 오욕이 뒤섞인 제국의 역사가 윤곽을 드러내려 하던 시기에 시인은 어쩌면 기존의 전통으로 표현할 수 없었던, 오로지 자신의 언어로 증언해야 했던 무언가를 발견했을 것이다.《목가》의 양가성이 보여주는 것은 인간 역사의 근본적인 모순과 불확실성일지 모른다.

역사가 시의 바깥에서 시적 자유를 위협한다면, 사랑의 격동은 시 내부에서 이를 위협한다. 목가적 공간의 평온한 즐거움은 사랑에 빠지는 순간 흔적도 없이 사라진다. 코뤼돈이 포도나무 가지 치는 것을 잊어버리듯(2.70), 어린 암소는 숫송아지를 찾다가 길을 잃는다(8.86-90). 이러한 사랑의 파괴력과 잔혹함은 연가 시인 갈루스가 등장하는 〈제10목가〉에서 전면에 드러난다. 그는 신들조차 연민하는 사랑으로 괴로워하다가 목가의 안식을 꿈꾸며 연가와 목가가 통합된 새로운 서정시의 비전을 제시하지만, 결국은 사랑의 잔혹함에 굴복하고 만다. 그리하여 《목가》에서 가장 유명한 시구가 등장한다. "사랑은 모든 것을 이기네."(10.69) 이 시구는 어떤 위기도 극복해 내는 불굴의 사랑에 대한 찬양처럼 인용되고는 하지만, 원문의 문맥은 오히려 사랑의 무정한 위력에 굴복하는 절망감의 표출에 가깝다.

이 점에서 사랑의 격정은 대개 목가적 평온을 위협하며 목가의 공간에서 제거되어야만 하는 혼란으로 해석된다. 루크레티우스Lucretius가 《사물의 본성에 관하여》 4권에서 생생하게 묘사하듯 사랑은 결코 충족되지 않는 갈증의 질병이며, 연인의 결함을 가리고 스스로 꾸며낸 매력을 덧붙이는 광기다. 알페시보이우스의 노래에서 다프니스의 귀환을 소망하는 여인은 문간에서 개가 짖는 소리에 시선을 돌리지만, 그녀는 그 시선 끝에 다프니스가 서 있는지 알지 못한다. "믿을 것인가? 아니면 사랑에 빠진 이, 스스로 꿈 지어내는가?"(8.108) 이처럼 사랑이란 내전의 현실만큼이나 목가적 공간을 비롯해 시적 조화와 자유의 전망을 파괴하는 '전쟁'처럼 보인다.

그러나 《목가》에는 또 다른 종류의 사랑이 언급된다. 그것은 목동들, 즉 시인들이 주고받는 사랑으로, 목가적 공간의 조화를 해치지 않으면서 평온함에 자연스레 녹아드는 사랑이다. 베르길리우스가 다모이타스의 목소리로 "폴리오는 나의 무사 사랑하네"라고 노래할 때의 사랑이며(3.84), 뤼키다스가 모이리스에게 노래를 청하며 상기시키는 사랑이다(9.56). 나무에 뤼코리스를 향한 사랑을 새기겠다는 갈루스의 소망은 성취되지 못했지만, 베르길리우스가 갈루스를 향한 자신의 사랑은 새봄의 나무가 크듯이 자라리라 말할 때의 사랑이다(10.73-74). 갈루스가 쓰고자 했던 목가적 연가란 사실 베르길리우스가 써낸 〈제10목가〉 그 자체가 아닐까? 그 사랑은 격정을 동반하는 강렬한 애욕을 일으키는 대신, 역시 루크레티우스가 말하듯 봄바람을 실어오고 꽃을 피우는 생명의 약동, 곧 베누스의 힘으로서 목동들의 시심詩心을 영원히 일깨운다.

따라서 역사를 향한 시선이 과거와 미래로 갈라지듯 사랑을 향한 마음 또한 두 개로 갈라져, 하나는 아모르의 잔혹한 힘에 절망하고 다른 하나는 베누스의 풍요로운 힘에 기뻐한다. 하지만 과거와 미래가 결국은 하나의 시간에 속하듯, 아모르와 베누스도 결국은 사랑이라는 영원한 하나의 힘에 속할 것이다. 목가의 세계는 언제나 위태롭지만,

동시에 목가는 그 위태로움을 인식하는 가운데 스스로를 노래한다. 목동들은 자연에게, 그리고 서로에게 혼탁한 세계와 불안한 격정 속에서 순수하고 맑은 빛을 찾아내는 법을 배우고 가르친다. 그것이 시인으로서 베르길리우스가 느낀 자신의 재능이었다.

3.3. 언어

《목가》의 운율은 장단단격 육각운이다. 이는 장음절 하나와 단음절 두 개로 이루어진 각운, 또는 음보 여섯 개가 모여 한 행을 이루는 운율을 뜻한다. 이때 단음절 두 개는 장음절 하나로 대체 가능하며, 각운의 단위와 어절의 단위가 일치할 필요는 없다. 표기상으로는 장음절과 단음절의 구별이 어렵지만 단어의 기본 형태에서 원래 장음절인 경우도 있고, 어형 변화에 의해서 장음절로 변화하거나, 뒤에 두 개의 자음이 오는 등 위치에 따라서 원래는 단음절이지만 장음절로 간주되는 경우도 있다. 라틴어는 어순이 상당히 자유롭기 때문에, 시인들은 단어의 배치와 순서를 다양하게 조절하여 시행의 리듬감과 시어의 무게감을 조율할 수 있다.

앞서 언급했듯 장단단격 육각운은 호메로스와 헤시오도스의 작품에 쓰이며 서사시의 전통적인 운율로 간주되었다. 라틴 문학에서 장단단격 육각운이 쓰인 최초의 작품

은 기원전 2세기 시인 엔니우스의 서사시 《연대기*Annales*》
지만, 후대 시인들은 그의 문체가 거칠고 조잡하다고 평했
다. 물론 이러한 평가는 베르길리우스의 성취가 있었기에
가능한 것이었다. 베르길리우스는 《목가》뿐 아니라 이후
의 두 작품에도 모두 같은 운율을 사용했으며, 이를 통해
라틴어로 장단단격 육각운의 모범을 완벽하게 확립했다고
평가된다.

물론 현대의 한국어 화자로서는 라틴어 운율을 어떻게
감상해야 할지 알기 어려울 것이다. 이는 서구어 화자에게
도 결코 쉬운 일이 아니기에, 몇 가지 예를 들어 눈에 띄는
점을 짚어보는 것이 최선이겠다.

모든 시인은 작품의 첫 부분에 각고의 노력을 기울인다.
따라서 첫 대목을 보도록 하자.

Tityre, tu patulae recubans sub tegmine fagi
siluestrem tenui Musam meditaris auena;
nos patriae finis et dulcia linquimus arua.
nos patriam fugimus; tu, Tityre, lentus in umbra
formosam resonare doces Amaryllida siluas.
티튀루스, 그대 크넓은 너도밤나무 그늘막 아래 가로누워
가느다란 풀피리로 숲속의 무사를 연주하네.
우리는 고향의 터전과 달콤한 농지를 떠나네,

우리는 고향을 등지네. 허나 그대, 티튀루스, 그늘 속 느
긋이,
어여쁜 아마륄리스 되울리라 수풀에게 가르치네.(1.1-5)

운율에 앞서 알아보기 쉬운 것은 자음의 반복되는 사용
이다. 첫 행에서 우리는 티튀루스의 이름에 들어 있는 't'
와 'r'의 음가가 동일하거나 유사한 소리로 반복되는 것을
볼 수 있다.

Tityre tu patulae recubans sub tegmine fagi

이러한 기법을 '두운법alliteration'이라고 한다. 엄밀하게
는 행이나 단어의 첫 자리에 동일한 소리가 반복되는 것을
가리키지만, 여기서는 넓은 의미로 이해해야 한다. 이와
비슷하게 단락의 마지막 행을 볼 수 있다.

formosam resonare doces Amaryllida siluas.

이러한 기법은 단순한 음향적 장식이 아니라 의미와도 긴
밀하게 조응하는 경우가 많다. 예컨대 여기서는 티튀루스가
한가롭게 노래를 즐기는 상황이 음향에 호응한다. 특히 목가
적 정경과 연관 지어 상상해 보면 't'와 'r'은 새의 소리를, 's'

는 나뭇잎이 스치는 소리를 연상시킨다. 시인의 의도가 여기까지 닿고 있는지는 불확실하지만, 그 음향의 감각이 독자에게 상상의 계기를 제공하는 것은 분명하다. 'resonare(되울리다)'라는 동사로 대표되는 목가적 자연의 감응력을 고려하면, 이는 작품의 주제와도 밀접하게 연관된다.

한편 멜리보이우스가 자신의 처지를 탄식하는 부분은 'nos(우리)'와 'patria(고향)'을 반복하여 화자의 감정을 강조한다. 여기서 중요한 지점은 4행에서 주어가 'tu(그대)'로 바뀌는 부분인데, 이 자리는 장단단격 육각운에서 시행의 휴지休止, caesura, 즉 끊어서 읽기를 의도하는 지점으로 자주 사용된다. 따라서 이 지점에서 초점이 전환되는 것은 매우 자연스러우며, 시행이 주어 'nos'로 시작한 것과 같이 휴지 다음의 단어가 주어 'tu'로 시작하는 것은 멜리보이우스와 티튀루스의 대비를 강화한다.

예를 하나 더 보자. 〈제5목가〉에서 몹수스의 노래가 시작되는 대목이다.

Extinctum Nymphae crudeli funere Daphnin

Flebant (uos coryli testes et alumina Nymphis)

잔혹한 죽음으로 끝을 맞은 다프니스 위해, 님파들은

눈물 흘렸네, 너희 개암나무와 강물이 님파들의 증인

이니.(5.20–21)

229

첫 행은 리듬이 중요하다. 이 시행의 음절을 분석하면, 일반적으로 장-단단 리듬을 취하는 다섯 번째 음보를 제외하면 모든 음보가 장-장 리듬을 취한다. 장-장 리듬은 대체로 장-단단 리듬에 비해서 템포가 느려지기 때문에, 엄숙하고 진지한 분위기를 강조하는 데에 사용한다. 따라서 다프니스의 죽음을 추도하는 몹수스의 노래를 시작하는 첫 행으로 매우 적절한 리듬이다. 뿐만 아니라 다음 행은 'flebant(눈물 흘리다)'로 시작한다. 이처럼 한 문장이 행을 넘겨 다음 행의 첫 단어까지 걸치는 것을 '앙장브망 enjambement'이라 하며, 이 단어는 자연히 조명을 받게 된다. 여기서 'flebant'라는 단어는 의미상으로도 무게가 실리기에 알맞고, 운율 또한 장-장 리듬이다. 이처럼 몹수스의 노래는 추도가에 적합한 장중한 리듬으로 정교하게 다듬어져 있다.

마지막으로 이와 반대되는 예시를 보자. 〈제9목가〉의 결미다.

Desine plura, puer, et quod nunc instat agamus;
carmina tum melius, cum uenerit ipse, canemus.
이제 그치게나, 목동이여, 우리 지금 닥친 일을 하세.
그가 오고 나면 그때, 우리는 노래를 더 잘할 수 있겠지.
　(9.66-67)

두 시행은 비교적 장-단단 리듬을 많이 가지고 있다. 66행은 첫 번째와 두 번째, 그리고 다섯 번째 음보가 장-단단 리듬이고, 67행은 세 번째 음보와 마지막 음보를 제외하면 모두 장-단단 리듬이다. 장-단단 리듬은 시행의 템포를 빠르게 하기에 경쾌하고 밝은 분위기 또는 가볍고 유쾌한 심리를 나타낼 수 있다. 여기서는 66행에서 67행으로 장-단단 리듬이 한 음보 늘어나면서 화자의 미묘한 심리 변화를 암시한다. 노래를 부르자는 뤼키다스의 제안을 거절하는 모이리스는 닥친 일을 하자면서 일부러 조급함을 꾸며내는지도 모르고, 아니면 '그'가 오는 미래를 상상하면서 자신도 모르게 다소간 어조가 밝아졌는지도 모른다. 또한 66행은 'puer' 다음, 67행은 'melius' 다음에 휴지가 오는데 두 위치는 운율상 동일하며, 휴지 이전의 리듬도 완전히 같다. 이러한 유사성은 두 행을 묶어주면서 이어지는 리듬의 미묘한 변화를 부각한다.

이처럼 운율의 규칙 속에서 그 내용과 음향의 구조가 상응하도록 시행을 정교하게 세공하는 것이 라틴 시인들의 주된 작업이었다. 베르길리우스는 다양한 기법을 동원하여 그 효과를 극대화한다. 그 효과가 정확히 무엇인지, 과연 어디까지가 시인의 의도인지는 종종 명료하지 않지만 적어도 운율의 리듬과 음향이 주는 감각의 구체성이 독자에게 상상의 영역을 열어주는 것은 분명하다. 번역을 통해서 그 정묘함을 만끽하기는 어렵지만, 이러한 안내로 더 많은 즐거움을 발견할 수 있기를 바란다.

3.4. 영향

《목가》는 출간과 동시에 주목을 받았다. 특히 그 대담하고 참신한 언어가 상당한 반향을 일으켰던 모양이다. 도나투스의 전기에 인용된 누미토리우스Numitorinus의 〈반反목가Antibucolica〉라는 작품은《목가》의 구절을 패러디하여 그 문체가 올바른 라틴어가 아니라며 조롱한다. 후대에 베르길리우스의 작품은 라틴어의 모범으로 간주되었지만, 당대에는 오히려 낯설고 '모던'한 언어였던 것이다.

동시대 및 후대 시인들은《목가》에서 다양한 영감을 받았다. 티불루스의 첫 번째 연가집, 호라티우스의 첫 번째 풍자시집은 10개의 시편으로 구성되어《목가》가 일깨운 구성의 감각을 따른다. 프로페르티우스와 오비디우스는 사랑의 주제에 주목한다. 〈제4목가〉의 숭고한 문체, 〈제6목가〉의 현란한 내러티브는 각각 호라티우스의《송가 Carmina》 1권 3가, 그리고 오비디우스의《변신 이야기》에서 그 영향을 드러낸다.

이른바 라틴 문학의 '백은 시대'라 일컫는 로마 제정 초기에도《목가》의 영향은 지속되었다. 서기 1세기 네로 황제 시대의 시인 티투스 칼푸르니우스Titus Calpurnius는 7개의 시편으로 이루어진 목가집을 출간했다. 칼푸르니우스는 목가적 모티프를 충실하게 모방하면서 황금 시대의 주제를 작품의 중심에 놓는다. 고대 후기로 진입하는 서기 3세기에는 네메시아누스Nemesianus라는 작가가 4편의 목가를 지어 베르길리우스의 영향을 지속시켰다.

이 시기에는 또한 목가 전통에서 독특한 작품이 출현하는데, 목가 소설이라는 독자적 장르를 개척한 롱고스Longus의 《다프니스와 클로에Daphnis kai Chloë》가 그것이다. 희랍어 산문으로 쓰인 이 작품은 태어난 직후 버려져 목동들의 손에 자란 소년 다프니스와 소녀 클로에가 목가적 환경에서 사랑을 체험하고 이해하며 성장하는 이야기를 그린다. 전반적으로 베르길리우스보다는 테오크리토스의 목가에 영향을 받은 작품으로 간주되었지만, 최근에는 베르길리우스의 영향에 주목하여 라틴 문학에 대한 희랍 문학의 반응을 보여줄 수 있는 중요한 사례로 검토된다.

서기 4세기에는 베르길리우스 수용에서 중대한 변화가 일어났다. 로마 제국이 기독교 세계로 변화하면서 베르길리우스 작품에 대한 기독교적 해석이 널리 인정된 것이다. 이미 서기 3세기에 교부 락탄티우스Lactantius가 예수의 재림을 예언하는 시로 〈제4목가〉를 해석하여 베르길리우스를 기독교의 예언자로 칭송했고, 아우구스티누스Augustinus, 히에로뉘무스Hieronymus와 같은 영향력 있는 교부들도 이러한 해석을 계승했다. 마침내 콘스탄티누스Constantinus 1세는 기독교를 공인하며 기독교적 색채를 덧입힌 〈제4목가〉 그리스어 번역본을 반포했다. 《목가》를 모방하는 기독교 작품 또한 창작되었는데, 이를테면 엔델레키우스 Endelechius의 목가는 가축을 전염병에서 보호하는 예수를 그린다.

베르길리우스는 이러한 기독교적 해석과 고대 후기의 주석 전통을 거쳐 중세로 전달되었다. 베르길리우스를 비롯한 고대 유산의 중세적 종합을 보여주는 것은 단연 《신곡》의 시인 단테 알리기에리다. 그가 쓴 유일한 라틴어 작품인 두 편의 목가시에는 흥미로운 맥락이 있다. 단테는 당시 지식인의 공통 언어였던 라틴어 대신 대중적인 이탈리아어로 작품을 집필했다. 이에 볼로냐 대학의 학자 조반니 델 비르질리오Giovanni del Virgilio가 라틴어로 시를 쓰라 권면하는 내용의 시를 보내자, 단테가 베르길리우스의 목가를 모방한 라틴어 운문으로 답장한 것이다. 이를 통해 단테는 라틴어로 시를 쓸 충분한 능력이 있음을 입증하는 동시에 시적 우정과 대화라는 목가의 주제를 되살리고, 베르길리우스의 목가 또한 참신한 언어로 소박한 주제를 실험한 새로운 시였음을 일깨우면서 자신의 시적 기획을 정당화한다.

시적 대화와 알레고리의 공간으로서 목가의 전통은 이

탈리아 르네상스로 이어져, 인문주의자 페트라르카Petrarca 와 보카치오Boccaccio 등이 이를 계승했다. 하지만 당대에 가장 성공을 거둔 작품은 자코포 산나자로Jacopo Sannazaro의 《아르카디아Arcadia》(1504)다. 16세기 이탈리아의 베스트셀러였던 이 작품은 베르길리우스의 《목가》에서는 부분적 배경으로 등장한 아르카디아를 중심 배경으로 설정하여, 이후 유럽 문학에서 '아르카디아'라는 지명이 목가적 공간의 대명사로 쓰이는 데에 기여하게 된다.[8]

《목가》의 영향은 유럽 남부에 국한되지 않았다. 《실낙원》으로 유명한 17세기 영국의 시인 존 밀턴John Milton의 《뤼키다스Lycidas》(1638)는 다프니스 추도가를 모델로 삼아 친구의 죽음을 애도한다. 이러한 전통은 19세기까지 이어져, 낭만주의 시인 퍼시 셸리Percy Shelly가 존 키츠John Keats의 죽음을 추모하며 쓴 《아도나이스Adonais》(1821), 고전주의자 매튜 아놀드Matthew Arnold의 《튀르시스Thyrsis》 (1865)가 각자의 시풍을 목가 전통에 녹여냈다.

---

8   20세기 독일의 고전학자 브루노 스넬Bruno Snell의 논문 〈아르카디아: 정신적 전원田圃의 발견Arkadien: Die Entedeckung einer geistigen Landschaft〉(1945)은 '아르카디아'를 평화롭고 이상적인 자연의 공간으로서 발견한 이가 베르길리우스라고 주장하여 학계에 상당한 영향을 미쳤다. 하지만 리처드 젠킨스Richard Jenkyns 등은 이를 비판하면서 '아르카디아'의 상징적 지위는 산나자로의 영향이며, 베르길리우스가 《목가》에서 그리는 자연은 단순히 이상적 공간으로만 보기 어렵다는 점을 설득력 있게 지적했다. 이러한 비판을 통해서 스넬의 주장은 상당히 약화되었지만, 논쟁은 여전히 지속되고 있다.

프랑스에서는 베르나르댕 드 생피에르Bernardin de Saint-Pierre의 목가 소설 《폴과 비르지니Paul et Virginie》(1788)가 목가적 모티프를 계몽주의 사상과 결합했고, 스테판 말라르메Stéphane Mallarmé의 《목신의 오후L'Après-midi d'un faune》(1876)는 클로드 드뷔시Claude Debussy의 음악으로 이어졌다. 20세기 프랑스 현대시를 대표하는 폴 발레리Paul Valéry는 프랑스어 운율에 맞추어 《목가》를 번역했고, 앙드레 지드는 《코리동》(1924)을 포함한 여러 작품에서 《목가》를 애독한 흔적을 드러낸다.

《목가》는 문학뿐 아니라 미술과 음악에도 생산적인 모티프를 제공했다. 산나자로의 〈아르카디아〉는 르네상스 화가들에게 목가의 모티프를 촉발했고, 조르조네Giorgione 또는 티치아노Tiziano의 작품 〈시골의 협연Concerto campestre〉(1509)은 그 범례를 보여준다. 니콜라 푸생Nicola Poussin의 〈아르카디아에도 나는 있다Et in Arcadia Ego〉 연작(1627, 1637/38)은 '메멘토 모리Memento Mori', 즉 죽음의 상기라는 주제를 목가적 모티프에 연결한 독특한 작품으로, 훗날 20세기의 미술사학자 에르빈 파노프스키Ervin Panovsky가 그 의미를 추적하는 흥미로운 에세이를 쓰기도 했다.

서양 음악 전통에서 《목가》의 영향은 간접적이다. 목가 양식은 《목가》의 내용보다는 목가적 모티프, 특히 쾌적하고 평화로운 목가적 정경의 감각을 표현하기 위해 발전했다. 16세기 이탈리아의 세속 음악으로 시작된 이 양식은 목가적 소재를 극화하는 오페라로 발전하는가 하면, 바흐나 헨델 등 거장의 손에서 발전하며 비교적 단순한 패턴과 한정된 악기, 특히 목동의 피리를 연상시키는 목관악기를 통해 소박하고 따뜻한 느낌을 주는 양식으로 표준화되었다. 가장 잘 알려진 작품인 베토벤의 〈전원 교향곡*Pastorale*〉은 자연의 만상萬象을 재현한 다양한 음향으로 목가 양식의 경계를 확장하면서도, 강렬하고 힘차게 피날레를 장식하는 관습을 깨뜨리고 서정적인 멜로디로 마무리하여 소박한 평온함이라는 목가의 근원적 정서를 유지한다.

《목가》가 유럽의 역사에 남긴 파동은 이토록 깊고도 넓다. 하지만 그 역사는 한편으로는 수많은 해석과 시대착오적인 신앙에 의해서, 다른 한편으로는 창조적 정신이 부득이한 대가로 지불한 망각 속에서 목가 전통에 깃든 다양한 목소리가 소박하고 이상적인 자연의 풍경화로 축소된 역사이기도 하다. 나아가 우리는 어쩔 수 없이 묻게 된다. 지금은 어떠한가? 과거의 역사와 돌이킬 수 없이 단절되었다는 불확실한 느낌 속을 살아가는 지금, 베르길리우스의 《목가》는 어떤 소리로 되돌아오고 있는가?

이와 관련하여, 1995년 노벨 문학상을 수상한 북아일랜드 시인 셰이머스 히니Seamus Heaney를 주목하고 싶다. 그는 2016년에 《아이네이스》 6권을 번역 출간하고 시집 《전

등*Electric Light*》(1995)에 〈제9목가〉의 번역을 수록했으며, 2003년에는 베르길리우스와 동시대 시인들을 비교해 목가 전통의 계승을 연구한 논문을 발표하는 등 베르길리우스와의 관계를 지속적으로 탐구해 왔다. 유년기에 북아일랜드의 농촌에서 감수성을 형성하고 그 땅에 깃든 역사적 비극에 귀를 기울이며 서정적이면서도 현실적인 작품 세계를 이룬 시인에게, 베르길리우스의 《목가》는 마치 멀리서 들리는 친구의 목소리와 같지 않았을까.

그리하여 히니는 베르길리우스의 《목가》에서 자신의 것과 동일한 물음을 발견한다. 이 참혹한 세계에서 시는 무엇을 할 수 있는가? 히니는 〈제9목가〉를 이 물음에 대한 답변으로 읽는다. 모이리스의 목소리는 시의 무력함을 통감하고, 뤼키다스의 목소리는 시의 영원한 힘을 결코 망각하지 않는다. 상반된 두 목소리를 시인은 하나의 시편으로 엮어낸다. 시는 역사의 폭력을 막을 수 없지만, 그 무력함으로 온전하게 상처 입고 그 상처를 진실하게 드러내는 시적 현실을 창조해 낸다. 히니의 해석은 목가 전통이 언제나 그랬듯 동료와의 대화를 통해 그 시적 세계를 재발견한다.

《전등》에는 〈제9목가〉의 번역과 함께, 각각 〈제4목가〉와 〈제1목가〉를 모델로 삼은 시 〈밴 계곡 목가Bann Valley Eclogue〉와 〈글렌모어 목가Glenmore Eclogue〉가 수록되어 있다. 이 중 〈밴 계곡 목가〉는 한 여자아이의 출생에 대한 베르길리우스와 시인의 대화로 구성된다. 시인은 아이의 탄생이 일식의 어둠으로 가려질까 두려워하지만, 베르길리우스는 아이에게 일식이란 없을 것이라고 말한다. 이제 베르길리우스는 한 아이가 세계를 구원하는 환상을 꿈꾸는 대신 평범한 아이를 태운 유모차의 햇빛 가리개를, 바퀴살에 엉킨 데이지 꽃을 본다. 그러자 시인은 어느 아침 철길에서 보았던 토끼풀을 떠올린다. *끈끈하고 질기고 가느다란 뿌리로 철로의 돌틈마다 자라나 있었다.* 지구는 아기가 깨물고 노는 고리처럼 매달려서 조용히 흔들린다. 소들을 내보내고, 외양간 청소가 시작된다.

부기: 번역을 마치며

《목가》를 처음 읽은 것은 2021년 가을이다. 반 년이 지나서 사람들을 모아 다시 읽었다. 그렇게 3년 동안 멀어지고 가까워지기를 되풀이하면서 연거푸 읽었다. 베르길리우스 또한 《목가》를 쓰는 데에 3년이 걸렸다고 하니, 책이 나와도 적당한 시기일 듯싶다.

많은 분들에게 감사를 드려야 한다. 먼저, 처음으로 학문을 권유하고 고전문헌학의 세계에 초대해 주신 강상진 선생님, 이어서 석사 과정 동안 부족한 제자를 성실히 지도해주신 강성훈 선생님께 감사를 드린다. 철학이 아니라 시를 연구하게 되었으나, 그 에움길은 실로 유익하고 즐거

239

왔다. 풍경은 다를지라도 길은 언제나 이어져 있다. 그때 곁눈질로 보았던 이곳의 풍경에는 안재원 선생님의 번뜩이는 눈빛이 있었다. 운율까지 살리지는 못했지만, 과제로 비틀즈의 노랫말을 라틴어로 옮겼던 밤이 각별한 기억으로 남아 있다.

정암학당의 선생님들께도 언제나 감사한 마음이다. 미숙한 후배를 항상 따뜻하고 정답게 맞아주셨다. 정암학당이 없었더라면 평생 이 공부를 하겠다는 결심을 내리기 어려웠을 것이다. 겸손하고 꾸준하게, 진중하고 성실하게 나아가는 학자들의 뒷모습은 밤에도 불처럼 밝았다. 한 분 한 분 이름을 언급해야 마땅하겠지만, 지면 관계상 한 분을 대표로 삼아서 감사를 전하고 싶다. 언제나 놀라운 기억력으로 학당의 정신적 지주가 되어주시는 김선희 선생님께 감사드린다.

편집자를 포함하여 수많은 분들의 노동이 없다면 아무리 아름다운 시행도 형체 없는 그림자에 불과하다. 언제나 더 나은 문장을 찾아주신 편집자 남수빈을 포함하여, 틀을 잡고 색을 모아 하나의 단단한 세계를 마련해 주신 모든 출판 관계자들께 감사드린다.

나라는 한 명의 개인을 알 수 없는 이유들로 아끼고 견뎌주는 친구들에게도 고마움을 표하고 싶다. 도대체 공부는 언제 끝나는 것인지를 계속 궁금해 하시는 부모님에게도 이 책이 조금은 안도감을 주었으면 한다. 아무리 거친 잠자리에서도 잔디밭의 새끼 염소마냥 깊은 잠을 자는 연인에게도 이 책을 전한다. 잠이 오지 않는 밤이면 세상 편안히 잠을 자는 그 얼굴을 보며《목가》의 시행을 옮기고는 했다. 감사의 말이 길었다. 첫 책을 내는 들뜬 마음을 너그러이 헤아려주기를 청하고 싶다.

어째서 베르길리우스였을까? 나는 그가 침묵의 소리를 듣는 시인이라 생각한다. 어느 고요한 밤, 키잡이는 아무도 모르는 잠에 빠져 검은 바다로 가라앉고, 저승에서 다시 만난 연인은 한마디 말도 없이 돌아선다. 아무리 평화로운 정경에도 불가해한 죽음이 있고, 저승까지 내려가도 돌이키지 못할 상처와 회한이 있다. 그 와중에도 운명은 길을 찾고, 사람은 따른다. 베르길리우스는 그런 시인이다.

하지만 이것은《아이네이스》의 이야기다.《목가》에는 침묵보다는 노래가 있고, 회한보다는 우정과 사랑이 있다. 발레리를 비롯하여 많은 독자들은 그 안에서 시인의 젊음을 발견해 왔다. 마침 시인과 비슷한 나이를 지나는 나 또한 그 젊음을 내 것처럼 바라보았다. 이때의 베르길리우스는 누군가의 안내자가 되기에는 너무나 젊다. 언제나 많은 것을 느끼고, 쉬이 감동하며, 해마다 돌아오는 봄을 기다린다. 그러나 시인은 그 모든 것이 사라질 것임을 안다. 그러므로 굳이 뒤를 돌아보며, 눈을 크게 뜨고 큰 숨을 들이쉬어 그 모든 순간을 영원에 담는다. 《목가》는 그러한 시집이라고 느낀다.

베르길리우스의 정교하고 우아한 라틴어를 그에 걸맞는 한국어로 옮긴다는 것은 거의 불가능한 작업이다. 단어마다, 문장마다 정확성과 가독성, 그리고 아름다움이라는 기준을 고려하면서, 가느다란 줄 위를 걷듯이 조금씩 나아가는 것밖에는 도리가 없다. 읽을 때마다 고칠 것이 눈에 띄었고, 미처 알아채지 못한 오류를 나중에야 발견하기도 했으니, 지금도 어딘가에 결함이 있으리라 확신한다. 동료 연구자와 독자들의 눈 밝은 질정을 바란다.

한국의 서양고전학계에서 라틴 문학은 비교적 미답의 영역이지만, 그 세계에 들어갈 길목은 충분하다. 고 천병희 선생님의 노고로 라틴 문학의 주요 서사시 《아이네이스》와 《변신 이야기》가 번역되어 있고, 김남우 선생님의 《아이네이스》는 18자 운문 번역이라는 과감한 시도로 고전 번역의 새로운 가능성을 개척하여 완간을 앞두고 있다. 그 밖에는 역시 김남우 선생님의 호라티우스 번역, 그리고 강대진 선생님의 루크레티우스와 세네카 비극 번역이 있다. 시 문학뿐 아니라 산문 문학, 나아가 역사와 철학으로 시선을 넓히면 열정적인 연구의 성과가 꾸준히 쌓이고 있다.

하지만 라틴 문학의 독특한 매력은 짧고 세련된 시편들

에 있다고 생각하는 입장에서, 웅장하고 화려한 작품 위주로 번역이 이루어진 것은 못내 아쉬운 일이었다. 특히 《목가》는 옮긴이가 조사해 본 한에서는 한국어 번역이 존재하지 않았다. 미처 놓친 번역본이 있더라도 라틴어 원전 번역이 아니라 중역일 가능성이 높다. 《목가》를 옮긴 것은 높고 장엄한 철문 대신 작고 따뜻한 나무문으로 베르길리우스에, 라틴 문학에 입문하는 통로를 마련하기 위함이기도 했다. 앞으로도 베르길리우스를 비롯한 로마 시인들의 작품을 꾸준히 소개하려 하니, 독자들의 관심과 애정을 바란다.

바람과 물길이 2천 년 전 사람들의 마음까지 실어오는 것은 결국 그 마음을 되울리는 다른 사람들의 마음이 있었기 때문이다. 이 번역이 누군가의 마음을 거쳐 또 다른 마음으로 전해지기를, 그리하여 낮고 낮은 땅에서 멀고 먼 별들까지 노래가 닿기를 소망한다.

2024년 12월, 가모가와 강변에서

이호섭

참고문헌

1. 원전 비판본

de Saint-Denis, E., ed. and trans. *Virgile: Bucoliques*. Les Belles Lettres, 1967.

Geymonat, M., ed. *P. Vergili Maronis Opera*. Edizioni di Storia e Lettera-
   tura, 2008.

Mynors, R. A. B., ed. *P. Vergili Maronis Opera*. Oxford University Press,
   1969.

Ottaviano, S. and G. B. Conte, eds. *Bucolica et Georgica*. De Gruyter, 2013.

Perret, J., ed. *Virgile: Les Bucoliques*. Presses Universitaires de France, 1961.

Williams, R. D., ed. *Virgil: The Eclogues & Georgics*. St. Martin's Press, 1979.

2. 번역 및 주석

小川正廣, 訳.《ウェルギリウス：牧歌/農耕詩》. 京都大学学術出版会, 2004.

Clausen, W. *A Commentary on Virgil: Eclogues*. Oxford University Press,
   1994.

Coleman, R. *Vergil: Eclogues*. Cambridge University Press, 1977.

Cucchiarelli, A. *A Commentary on Virgil's Eclogues*. Oxford University Press,
   2023.

de Saint-Denis, E., ed. and trans. *Virgile: Bucoliques*. Les Belles Lettres, 1967.

Lee, G., trans. *Virgil: The Eclogues*. Penguin Books, 2006.

Muñoz, J. P., trans. *Virgilio: Bucólicas Y Geórgicas*. Catholic University
   Sedes Sapientiae, 2004.

Williams, R. D., ed. *Virgil: The Eclogues & Georgics*. St. Martin's Press, 1979.

3. 주요 연구서
3.1. 라틴 문학사

Kenney, E. J. and W. V. Clausen, ed. *The Cambridge of History of Classical
   Literature. vol. II, Latin Literature*. Cambridge University Press, 1982.

von Albrecht, M. *A History of Roman Literature: From Livius Andronicus to*

Boethius with Special Regard to Its Influence on World Literature. 2 vols. Brill, 1997.

3.2. 베르길리우스

小川正廣. 《ウェルギリウス研究：ローマ詩人の創造》. 京都大学学術出版会, 1994.

Góráin, F. M. and C. Martindale, ed. *The Cambridge Companion to Virgil*. 2nd ed. Cambridge University Press, 2019.

Horsfall, N. ed. *A Companion to the Study of Virgil*. Brill, 1995.

von Albrecht, M. *Vergil: Bucolica-Georgica-Aeneis / Eine Einführung*. Universitätsverlag Winter Heidelberg, 2007.

Ruden, S. *Vergil: The Poet's Life*. Yale University Press, 2023.

Ziolkowski, J. M. and Putnam, M. C. J. eds. *The Virgilian Tradition: The First Fifteen Hundred Years*. Yale University Press, 2008.

3.3. 《목가》 및 목가 전통

Alpers, P. *The Singer of The Eclogues: A Study of Virgilian Pastoral*. University of California Press, 1979.

Halperin, D. M. *Before Pastoral: Theocritus and the Ancient Tradition of Bucolic Poetry*. Yale University Press, 1983.

Fantuzzi, M. and T. D. Papanghelis, ed. *Brill's Companion to Greek and Latin Pastoral*. Brill, 2006.

Volk, K. ed. *Oxford Readings in Classical Studies: Vergil's Eclogues*. Oxford University Press, 2008.

Kyriakou, P., E. Sistakou and A. Rengakos, eds. *Brill's Companion to Theocritus*. Brill, 2021.